この△《さんかく》ラブコメは幸せになる義務がある。

[著]榛名千紘
[ILL.]てつぶた

CHARACTER

この《さんかく》ラブコメは幸せになる義務がある。

皇《すめらぎ》凛華《りんか》

クールで冷淡な性格の女子高生。
だが実際は、幼馴染の麗良を
溺愛しているが素直になれない
ポンコツ美少女。

仕方ないな……

私に協力しなさい

ああああ
大好き
かわいい
ちゅっちゅ

いつも元気ね、
麗良は

椿木麗良《つばきれいら》

品行方正で愛嬌のある、クラスの
天使のような存在。ナンパに絡まれていた
ところを天馬に助けられ……？

矢代天馬《やしろてんま》

いたって平凡な男子高校生。
偶然にも凛華の秘密を知ってしまい、
彼女に巻き込まれることに。

いや、
でも皇が……
とってもいい人
なんですね♥
最近かまってもらえなくて
寂しいです……

「だから連れていってやるよ」
「え？」
「俺の力で行けるところまでは、な」

「もしかして……
私のこと、好きになっちゃったの？」

「そうだ。私ばっかり頂いたら忍びないので、
お返しに……はーい？」

「ア、ハハハ……本当に、恐悦至極でございます」
「良かったじゃない。滅多に活躍の場がない特技を、私以外にも褒められて……ねえ？」

CONTENTS

著／榛名千紘　イラスト／てつぶた　デザイン／百足屋ユウコ+フクシマナオ（ムシカゴグラフィクス）

オオオオという声にならないどよめきが、地鳴りのように響いた気がする。それが向けられているのはアイドルでも宝塚《たからづか》でもない、一介の同級生。

「彼女こそ我ら新生二年五組が、今年度一番の『当たりクラス』と評されている理由の一つなわけですよ」

したり顔で鼻を鳴らす颯太《そうた》の声も遠くに聞こえてしまう。それほどに天馬《てんま》は見惚《みほ》れていた。

整った目鼻立ちで、外国の血が入っているのは想像に難《かた》くないが、その相貌にはまだ幼さも残されており、不意にギャップでどきりとさせられる。

入学当初から噂《うわさ》では聞いていた。他所《よそ》のクラスにロシア人とのハーフでとんでもない美少女がいるらしいことを。確か、名前は……

「あ、速水《はやみ》くん！」

トリップしかけていた頭が正気に戻る。なにせその原因となっていた張本人がにこやかに手を振りながら近付いてきたのだから。もっとも、目当ては天馬《てんま》ではなく。

「おはよう、椿木《つばき》さん」

「おはようございます。同じクラスなら、生徒会の連絡とか今年は楽そうですね」

「そうだね」

知り合いらしい二人は淀《よど》みない会話。颯太《そうた》は天馬《てんま》と違い社交性抜群なので、つながりがあってもおかしくはない。むしろ驚いたとすれば、至近距離で目の当《ま》たりにした彼女の破壊力。

欧米人みたいにくっきりした二重まぶた。雪のように白い肌。柔らかそうで血色が良《い》いピンクの唇。体のラインは細く全体として華奢《きやしや》な印象を受けるのだが、一部分だけ例外。「その制服ってサイズ合ってる？」と聞きたくなるくらい、胸だけ苦しそうだった。

「そちらは速水《はやみ》くんのお友達ですか？」

「え⁉」背ぇ高いくせに顔ちっちぇぇなぁとか思ってガン見していたら、不意に目が合い心臓が跳ね上がる。

「どうも初めまして、椿木《つばき》麗良《れいら》です」

と、天使のような少女からこれ以上ないくらい柔和な笑みを向けられたにもかかわらず、

「あ、はい！　矢代《やしろ》です。天馬《てんま》です。どうぞ、よろしく」

早口で落ち着きなく体を揺らしながら半笑いの会釈《えしやく》。ほとんど変質者みたいな自己紹介を繰り出す男がここにいた。颯太《そうた》があからさまに吹き出している。

「こちらこそよろしくお願いします……って、あ、すみません。何か向こうで呼ばれてるみたいなんで、私はもう行きますね？　それじゃあ」

丁寧にお辞儀をしてから踵《きびす》を返す麗良《れいら》。金のポニーテールが綺麗《きれい》な弧を描いた。

「…………」

なんだったんだろう、今のは。つかの間の出来事。たった一言話しただけなのに、天にも昇るほど幸福な時間。遠ざかっていく女神から視線を外せずにいると。

「やあやあ、驚いたねー。普段は『女に興味ありません』みたいな顔している矢代《やしろ》くんが、まさかここまで骨抜きとは」

颯太《そうた》が心底楽しそうに肩を揺らしていた。

「その言い方だと俺がもう枯れてるみたいだからやめろ」

「ごめんごめん。矢代《やしろ》くんって恋愛関係の話とか興味なさそうだからさ」

「だってそういうの疲れるし」

「恋愛アレルギー入ってるっぽい？」

「そこまでじゃないけど……」

ラブロマンスが花咲く高校生の醍醐味《だいごみ》というのは理解しているし、それを謳歌《おうか》している連中を笑う気もさらさらない。しかし、自分が当事者になる場面は想像できないのだ。

今までの十六年がそれを証明していた。顔も性格も大して良くない天馬《てんま》のような凡人を、好いてくれる変わり者はおらず。言うなれば恋愛ドロップアウト組。

恐るべきは、そんな天馬《てんま》さえも一瞬で虜《とりこ》にしてしまう麗良《れいら》の魔力だろう。

「あんな殿上人と知り合いだなんて……颯太《そうた》のコミュ力には毎度、驚かされるよな」

「いやいや。一緒に生徒会の手伝いとかしてる関係で、ちょっと親交があるだけだよ」

たとえ親交があっても、あんなフレンドリーな会話をする自信が天馬《てんま》にはない。

「はぁ……にしても。そういう理由があったわけか、この状況は」

改めて周囲を見る。頭の中にお花畑でも形成されていそうなにやけ面《づら》。全員が非合法のハーブでもキメていそうな光景だが、その視線の先で煌々《こうこう》と輝きを放つロシアンビューティーを見れば、納得せざるを得ない。

「確かに当たりかもな、このクラス」

「ふっふっふっふ……ところがどっこいさ、矢代《やしろ》くん。なんとなんと、椿木《つばき》さんはその理由の片翼を担《にな》っているにすぎないんだよ」

「片翼？」

まるで彼女に匹敵するほどのファクターが、もう一つ存在するような。それはさすがにハードル上げすぎというか、胡散臭《うさんくさ》い香りがしてならなかったのだが。

「あっ……凛華《りんか》ちゃん、おはよう！」

麗良《れいら》の瑞々《みずみず》しい声が耳に届き、誘われるようにそちらを見る。天馬《てんま》だけではなかった。彼女の声を号令に、とろけていた男子の表情がにわかに引き締まる。

なんと現在、彼らの視線をほしいままにしているのは麗良《れいら》ではない。

「今年は同じクラスですよ、やりましたね～」

飛び跳ねそうな勢いで喜びを表現している麗良《れいら》に対し、

「そうね。私も嬉《うれ》しいわよ」

どこか素っ気なく返している、その人物を視界に収めた瞬間。

「あっ……」

無意識のうちにぽっかり開けた大口を、閉じることができなくなった。

女子としては高めの身長だろう麗良《れいら》よりもさらに大きな身丈は、すらりと細くて縦に長い。モデル体型という言葉がしっくりくる圧倒的な存在感。

腰下まで届かんばかりのロングヘアがそこに拍車をかける。不純物が一切混じっていない黒髪は、烏《からす》の濡羽《ぬれば》色《いろ》と呼ぶのが相応《ふさわ》しく。キューティクルの光沢で覆われ、一本一本が見えそうなほどに滑らかだった。

「彼女があと半分の理由ってわけさ。名前は皇凛華《すめらぎりんか》さん」

「あんな八頭身、うちの学校にいたんだな」

「これ関連の情報にはホント疎《うと》いよね、矢代《やしろ》くんは。一定の層から絶大な支持を得ているんだよ、あの人。それこそ椿《つばき》木さん並みに人気だと思うな」

「そうなの……か？」

改めて、立ち話中の凛華《りんか》へ目を凝らす。

すっと通った鼻筋に、大きくて意志の強そうな双眸《そうぼう》。凛然《りんぜん》たる顔立ちはとても大人びて見え、半端《はんぱ》じゃなく美人だというのはもちろん否定しないが、なんというか。

まとっている空気が冷たい。若干ヒリヒリしてくるのは気のせいか。暖かい陽《ひ》だまりのような空気を振りまく麗良《れいら》とは、ある種対極をなしている。

「なんか怖そうじゃね？」

「わかってないな、矢代《やしろ》くん。つまり……」

男と顔を寄せ合う趣味はないのだが、颯太《そうた》がやけに小さな声で話すものだから必然的に顔を突き合わせざるを得なかった、そんなとき。

「──ちょっと、そこのあなた！」

紫電一閃《いっせん》。雑音を駆逐する声が轟《とどろ》いた。反射的に「すいません！」と口にしてしまいそうだったが、幸いにもそれが向けられたのは天馬《てんま》ではなかったらしく。

「さっきからジロジロこっちを見てるけど、何か用でもあるの？」

「え、あ！　そのぉ……」

猛禽類《もうきんるい》みたいな目で射貫《いぬ》かれた名も知らぬクラスメイト（眼鏡、小太り）は、完全に泡を食った様子で口をパクパク。そんな彼にきびきびした足取りで近付いた長身の女は、腰を曲げて目線を同じ高さまで持ってくると鬱陶しそうに眉根を寄せる。

「耳はついてる？　何か用なの、と聞いたんだけど」

「い、いえええ！　なんにもございません。ただ、なんとなく見てただけで……」

「そう。だったら窓の外でもなんとなく見ていてもらえる？　紛らわしいから」

「は、はいいいいい！」

首を絞められた鶏みたいに返事をした男子は、光の速度で窓際《まどぎわ》まで移動。

——こ、怖《こえ》え……

天馬《てんま》は戦慄した。気のせいでもなんでもない。氷の女帝とでも評すればいいのだろうか、他者を寄せ付けない絶対零度の鎧《よろい》を彼女はまとっている。一仕事終えた風に前髪を払う凛華《りんか》のもとへ、怖いもの知らずにも近寄っていくのは金髪碧眼《へきがん》の少女。

「まぁまぁ凛華《りんか》ちゃん、あんまり怒らないで。今日から皆さん、同じクラスのお友達ですよ」

たしなめるように言われたが、凛華《りんか》の目は依然として切れすぎるナイフのまま。

「逆にあなたは少しくらい怒った方がいいと思うの、麗良《れいら》」

「そうですか？」

「そうよ」

さして驚いてもいない、むしろ人懐《ひとなつ》っこい猫みたいにすり寄っていく麗良《れいら》から察するに、たぶんこれが平常運転。よくよく考えれば麗良《れいら》だけではない。凛華《りんか》の冷徹な振る舞いを見せつけられ、戦々恐々として然《しか》るべきはずの一室が、なぜだ、どうしてこうも。

「凛華《りんか》さま、今日も素敵……！」

耳を疑う呟《つぶや》きに恐る恐る見れば、頬を朱色に染めている女子の集団が指を組んでのお祈りポーズ。教会でしか使用例が思いつかないそれを、なぜか凛華《りんか》に捧《ささ》げている。

ところ変わって天馬《てんま》のすぐ近くの席では、涙ぐんで拳を震わせる男が一人。歯を食いしばる彼の姿からは言外の思いがひしひし伝わってくる。

なぜ、あの罵声を浴びせられたのが自分ではないのか……と。

悪い予感がして、凛華《りんか》の命令で窓とにらめっこする羽目になったさっきの男をもう一度確認する。ハァハァ荒い息遣いでガラスを見事に曇らせていた。

「……なあ、颯太《そうた》。さっき、一定の層から支持が厚いとか言ってたけど」

「わかっちゃった？」

この有様《ありさま》を見せつけられれば理解せざるを得ない。要するに、こうだ。

皇凛華《すめらぎりんか》は、怖い。だが、それが良《い》い！

「学校っていう小さな世界でも、優しい子だけがもてはやされるわけじゃないっていう典型例だよね、あの二人。いわゆる飴《あめ》と鞭的《むちてき》な」

言い得て妙な発言。いろいろ起こりすぎて正直ついていけそうになかったが、

「飴《あめ》だけもらえれば、俺は十分満足だけどな……」

これだけは切に思う。


二人はスクールカーストの中でも最上位に位置しているらしかった。

椿木《つばき》麗良《れいら》は、そこにあるだけで数多《あまた》の蝶《ちょう》を引き寄せる大輪の花。

可憐《かれん》で愛嬌《あいきょう》もある彼女の周りは、いつも華やかな声で溢《あふ》れている。成績は常にトップ、皆が

敬遠する厄介な仕事を進んで引き受ける献身的な性格も相まって、教師からの受けも良《い》い。目下、次期生徒会長の有力候補とされているとか。

皇凛華《すめらぎりんか》も同じく人の中心にいるタイプだが、毛色はだいぶ異なる。

品行方正そうな集団を形成する麗良《れいら》とは違い、ロックでパンクな面子《メンツ》に囲まれていることが多い。悪く言えばヤンキー臭い。軽音部でバンドを組んでおり、ギター兼ボーカルなのだと知って妙に納得させられた。熱狂的なファンも多いという話だ。

以上、容姿端麗という点を除けば相反する二人だったが、驚くことに十年来の幼なじみ。

もっとも、天馬《てんま》が目撃するのは「凛華《りんか》ちゃ～ん」と微笑《ほほえ》み満点に話しかけられたにもかかわらず、「いつも元気ね、麗良《れいら》」と塩対応で返すシーンばかりなので、真偽はヤブの中。

いずれにせよ、そんな上流階級と関わり合う身分にない天馬《てんま》は、中流階級の一派と親交を深め、コミュニティを築き、いつも通りの平穏で生温《なまぬる》い学園生活を送っていたのだ。

その日が訪れるまでは。

△

「ん？」

三時限目終わりの休み時間。あくびをかみ殺すのに必死だった現代社会の授業から帰還すると、自分の机の中に見覚えのない文庫本が収まっていることに気が付いた。

「忘れ物、だよな」

確か、この教室で行われていた科目は倫理。その選択者、先ほどまで天馬《てんま》の席に座っていた誰かが置き忘れていったのだろう。が、周囲に持ち主らしき人物は見当たらず。

「名前でも書いてあればお返しできるけど……」

無理だよなと思いつつも、布製のブックカバーを外して表紙を確認。現れたのは「君主論」という武骨な文字と、水彩画チックな西洋人の横顔。一分で眠りに落ちそうなタイトルに、マキャベリって何人だよとか考えながらパラパラめくってみる。

「……？」

妙だ。お堅い政治本とは思えないほど、カギかっこのついた台詞《せりふ》が多い。

他人の持ち物を勝手にいじくるのは良くないと自覚しているが、好奇心が勝り。気が付けば適当なところで手を止め文字をたどっていた。

『友達同士だけど……仕方ないじゃない、好きになっちゃったんだから！』

やはり小説、それも恋愛物と予想がつく。暇を潰すには最適なのでその点は何らおかしくないが、なにゆえカバーをすり替えた。エロ本隠す中学生じゃあるまいしと思いながら、とりあえず斜め読みしてみたところ。

『でも、だからって……女の子同士で恋愛するなんて、そんなの変だよ！』

『なんで？　好きだと思うことに性別が関係あるの？』

途端に雲行きが怪しくなり、顔を洗う猫並みにごしごし目をこする。

そう、きっとこれは天馬《てんま》が知らない世界。耳でだけなら聞いたことはある。いわゆる少女同士の恋愛事情を描いた、とある花の名前で括《くく》られるジャンル。

「……ったく、誰が忘れていったんだ、これ」

ため息まじりの独り言は休み時間の喧騒《けんそう》にかき消されていった。

待っていれば向こうから取りにくるような気はするが、なんとなく、この本をあまり長いこと保有しておきたくない。外見上は君主論だからひとまずは安心だが。

パッと読んだ雰囲気、親友同士が禁断の道へ踏み入ってしまう物語。本来のタイトルは何というのか。それだけがほんの少し気になり、確認しようとしたら。

「何してるの、矢代《やしろ》くん」

「ひぃいっ！」

耳元で名前を呼ばれたものだから、ぶっ飛んだ。

「えっと、どうしたの、その格好？」

天馬《てんま》は胎児のごとく床にうずくまっていた。見上げると颯太《そうた》の興味《きょうみ》津々《しんしん》な顔。

「何か隠してる？」

「いいやぁ？　なーんも」

ブレザーの内側にしっかり文庫本を押し込んでから立ち上がる。明らかにダウトな状況だったが、「ならいいけど」追及はされない。そもそも忘れ物だと素直に説明すれば済むことだったが、このときは思いつきもしなかった。

「ふぅ……そういや、颯太《そうた》は倫理選択だったよな？」

「そうだねー。席の移動だけで教室は変わらないから楽だよ」

「ちなみになんだけど。ここ、俺の席っていつも誰が使ってる？」

「矢代《やしろ》くんの席？ えぇっと……ああ、それならたぶん」

くいっと顎を動かして示す颯太《そうた》。そこには教壇の上、黒板消しをかけている日直が一名。艶やかな黒髪が揺れる。後ろ姿だけでも強烈なオーラを放つそれは、見間違えるはずもない。

「……皇《すめらぎ》、凛華《りんか》」

「だったと思うよ。あ、なんなら本人に直接聞いて……」

「いい、いい、いい！ やめとけって！ 大したことじゃないから——！」

皇《すめらぎ》さ〜んと今にもにこやかに声をかけそうだった颯太《そうた》を、ひとまず引きとめる。

噂《うわさ》を、聞いていたからだ。皇凛華《すめらぎりんか》の男嫌いを象徴する逸話。

まだ入学したばかりのころ。抜き身の業物みたいな性格が知れ渡る以前は、その見た目に釣られて凛華《りんか》には交際を申し込む男が後を絶たなかったとか。

しかし例外なく轟沈《ごうちん》。「男って生き物が大嫌いなの」、そんな砲弾を面と向かって撃ち込まれトラウマを抱えた者も多数。付いたあだ名は令和の撃墜王。

想像をした。そんなキレた女に、特に面識も持たない男が、「これってお前の本?」などと馴《な》れ馴《な》れしくも問いかけたりしたら、どのような展開が待ち受けているか。

『こんなもん私が読むわけないでしょ馬鹿にしてんのアンタ⁉』

胸倉をつかまれた天馬《てんま》が「しゅいましぇん!」泣《な》きっ面《つら》で謝る。もはや未来予知に近い。

クールでエレガント、それこそ帝王学でも読み込んでいそうなあの女が、よりにもよってこんなサブカル臭の強い趣味を持つはずがない。

「でも、だったらどこのどいつが……」

「なにさ。やけに考え込んでるけど、大丈夫?」

「あ、いや平気。サンキューな」

どのみちこれ以上起こせるアクションはなく、ご本人様登場の時を待つしかない。

——誰かは知らんけどさっさと取りにこいよな。あーあー面倒くせ。

そんな風に悪態をつく程度だった天馬《てんま》は、わずか数時間後に思い知る。

その考えが、クリスマスケーキの上で自己主張するサンタの砂糖菓子並みに甘々《あまあま》で、脆弱《ぜいじゃく》だったということを。

△

同日、放課後。

帰宅部の天馬《てんま》にしてみればお勤め終了を迎えたハッピーな時間帯。帰り支度を済ませて立ち上がったところで、異変は起きてしまった。

ガシャガシャガシャーッ！　としか表現できない騒々しい音。

喋《しゃべ》り声《ごえ》で溢《あふ》れる穏やかな教室。突如として響いたそれに、皆等しく何事かという視線を飛ばす。天馬《てんま》もその一人。ぎょっとして目を向けたところで、「げっ」図らずも面食《めんく》らう。

「ハァ……ハァ、ハァ……ヒフゥ〜〜〜……っ」

そこにあったのは、過呼吸寸前みたいな息遣いで通学鞄《つうがくかばん》をひっくり返し、中身をまるっきり机の上にぶちまけている凛華《りんか》の姿。

ノートや参考書の上に散らばるのは、イヤホンが巻き付いた音楽プレイヤー、折り畳みのミラーに櫛《くし》、化粧ポーチ、スマホ、ブランド物の長財布。制汗スプレーの缶やリップクリームは床に転がっている。なかなかの惨状、大惨事と言っても差し支えない。

しかし、それ以上に目を引いたのは。

「ど、どこ……？」

絶望にかすれた声で呟《つぶや》く凛華《りんか》だった。青ざめた顔で唇を震わせ、もう何も入っていない鞄《かばん》を虚《むな》しくまさぐっている。普段のクールビューティーからかけ離れた恐慌《きょうこう》。全員が呆気《あっけ》に取られていたが、当人はそんな周囲の総意など気にかける余裕すらない。鞄《かばん》を放り出したかと思うと、髪を振り乱さん勢いで今度は机の中を漁《あさ》り始《はじ》めた。

あまりに鬼気迫る様子だったせいもあり、声をかける者も現れない中。

「凛華《りんか》ちゃん、どうかしましたか？」

静寂を破ったのは彼女の親友。心配そうに近寄ってきた麗良《れいら》の声を聞いて、凛華《りんか》は冷水でも掛けられたかのようにびくっと震える。

「れ、麗良《れいら》……」

「何かなくなってしまいましたか？　お財布……は、あるみたいですね。良かったら一緒に探しますけど」

「い、いいえ、いいえ、いいえ！　な、なに言ってるの？　私はなーんにもなくしていないし落としていないし、いたって正常で元気だから気にしないで放っておいて！」

「そう……でしょうか？」

このときばかりは麗良《れいら》の微笑《ほほえ》みも鳴りを潜め、青い瞳に疑問を宿していた。本人は全力で否定しているが、あれはどう見たって何かをなくした人間がパニックに陥った際に取る行動なのだから無理もない。そんな、疑問符一色が充満している中にありながら、ただ一人、天馬《てんま》だけが異なる感情を露《あら》わにしていた。

あちゃー……と。がっくり項垂《うなだ》れたまま、汗ばんだ両手で顔面を覆う。

つまりこのとき、天馬《てんま》は答えを得たのだ。血眼になって彼女が求める何かはきっと、今もまだ天馬《てんま》の机で眠りにつく一冊の文庫本。

それは同時に、新たな問題を生じさせるやっかいな展開を迎えていた。

――どうすんだよ、これ。

放っておく分には無害なはずだった時限爆弾のスイッチが、ひとりでに作動してしまった気分。素人《しろうと》にはいよいよ処理が難しい。

意気消沈して見やれば、お目当てのブツを見つけられなかった凛華《りんか》が、この世の終わりみたいな顔で椅子に体を預けている。あのまま昇天してもおかしくない。

さっさと気付け。お前はその本を最後どこに持って行った。

心の叫びをテレパシーで送り、天馬《てんま》は対象が動くのを待つ。さあ来い。おもむろにこちらへ歩み寄り、

『ねえ、倫理の授業のあと机に何か入ってなかった?』

とか聞いてこい。そうすればこっちも、

『え? あーほんとだなんか入ってる。これもしかして皇《すめらぎ》さんの?』

とか素知らぬ顔で対応してやるから。早くしろ、早く。

念じること、数秒。ハッと何かを閃《ひらめ》いたように立ち上がる凛華《りんか》。願いが通じたのかと思ったのもつかの間、風の速さで廊下へ飛び出していった。

拾った誰かが職員室にでも届けているのではないかと、確認しにいったのかもしれない。それで見つかったとしても困るのは彼女の方なのでは。天馬《てんま》は落ち着いてそう分析できるが、本人としてはそんな心のゆとりもないのだろう。

「どうしたんでしょうか？」

憂いの表情を浮かべる麗良《れいら》が、散乱した凛華《りんか》の私物を鞄《かばん》にしまっている。

その優しさに、やっぱり飴《あめ》と鞭《むち》なら飴《あめ》の方がいいよなぁと、天馬《てんま》は再認識するのだった。

△

「なぜ俺がこんなことまで……」

誰に向けたわけでもない言葉は静まり返った空気に吸い込まれる。時刻は午後六時を回ったところで、窓の向こうに見える空もすでに赤みがかった紫色。

黄昏時《たそがれどき》の教室は生徒の喧騒《けんそう》から隔離され、どこかノスタルジックな雰囲気を醸《かも》し出《だ》しているが、そんな情緒を楽しむ気はさらさら起きない。

「……誰もいない、よな？」

小声で確認するまでもなく、かすかな人の気配さえ辺りには感じられず。そうわかると急に気が楽になり、ほとんどスキップみたいに目当ての机へ歩み寄る。

「ったく、手間かけさせやがって……」

手にした文庫本はその名に違わず小さな体躯《たいく》だったが、心なしかずっしり重い。

直接本人に手渡すのが確実だったが、なまじ時間が経《た》っているがゆえ、なぜすぐ渡さなかったのかと問い詰められた挙句、中身を見たんじゃないのかと凄《すさ》まじい剣幕で迫られること必至に思えた。そうなればシラを切り通せる自信はない。

よって正面突破は却下。代替のクレバーな案がこれだ。

かの美少女はいかなる経緯で百合《ゆり》小説を読むに至ったのか。気にならないと言えば嘘《うそ》になるが、好奇心は猫をも殺すと言うほどだし、死んでしまったら元も子もない。

だから明日になったらいつも通り、平凡な一般人として、凛華《りんか》のようなアッパークラスとは関わりのない生活に戻るのがベスト。

そう心に留め、手にした本をなるべく奥へ入れようと屈《かが》んだ。

その瞬間、

「お、っと？」

パラリ。本の間から白い何かが抜け落ちた。

しおりでも挟んであったのかと思い拾い上げたが、そういうわけではない。

綴《と》じ穴《あな》の開いた用紙。一枚のルーズリーフが小さく折り畳まれていたらしい。高校生が持っていても違和感のないその紙片に、

「？　？？？？？　？？？？？？？？？？？？？」

しかし、天馬《てんま》の脳はフリーズ。演算処理能力を超えた負荷に、一切の思考が停止した。

原因はそこに書かれていた、達筆な文字。というか文章。

別に見たいと思ったわけではなく、落ちたはずみで折り目が開かれてしまっていたため、手に取るだけで自然と目に入ってしまった。表題は、こうだ。

『椿木《つばき》麗良《れいら》を愛《め》でるダイアリー　その392』

○月◇日　朝、麗良《れいら》からいつもとは違う匂いがした。「シャンプー変えてみたんです～」そんなことを嬉《うれ》しそうに言ってきたが、いえいえ、言われる前から気付いていますとも。だって私、あなたと会話するときは分子の一つも逃さないつもりで呼吸しているし。

「……」

○月X日　ランチの誘いをまた断ってしまった。これで何度目だろう。

あーん、私のバカバカ！　印象最悪だよぉ～（これがゲームならやり直せるのにぃ……）。

でも麗良《れいら》は全然気を悪くした様子もなく「また誘いますね」↑かわいい♡　ちゅっちゅ。

「…………」

○月△日　麗良《れいら》から新発売のアロマオイルをプレゼントされた。ラベンダーの香り。

「お気に入りで、お風呂《ふろ》に入れたりしてるんです。えへへ、二人でお揃《そろ》いですね♪」って。え、もうこれ結婚したようなものでしょ実質性行為だよね絶対に私のこと好きだよねそうじゃなければ私を誘惑しているとしか考えられないでしょそうでしょねえそうと言ってよ！

「…………」

うん、まあ、違うよね（落ち着け、私☆）。だってあの娘《こ》は誰にでも優しいんだからさ。

それは私が一番、よく知ってる。誰も傷つけず、分け隔てなく愛を振りまく純真さ。ときどき、その心を私だけの物にしたいと願う悪魔が現れる。浅ましい自分が憎い。できるのなら今すぐその体を抱き寄せて、首筋に私の物だという証《あかし》の熱い口づけを……。

「ハアッ⁉」

そこでやっと我に返る。

無駄に洗練された文体なのがいけない。考えるよりも先に文字を追っていた。

「こ、コォレハア」

今まで一度もかいたことがない脂ぎった汗が、全身から噴き出す。

「麗良《れいら》……？　口づけ……？　私の、物……」

ポエムか日記か、はたまたそのハイブリッドか。行間も空けずにびっしり書き込まれたそれはまだまだ続いていたが、これ以上読み進める気にはなれない。深淵《しんえん》に自ら足を踏み入れるようなマゾヒスティックな趣味を、天馬《てんま》は持ち合わせていないのだから。

「…………」

何も考えず、神速で畳み直した紙を本に挟み、そのまま机の中にぶち込んだ。

天馬《てんま》は鉄砲玉のように教室を飛び出し、人気のない廊下をスプリント。

足音がけたたましく反響を繰り返すが速度は緩めず、振り返ることもしない。大鎌を担《かつ》いだ死神にでも追われているような気分で、一目散に疾駆していた。

そこからはどうやって家に帰ったかも覚えていない。気が付けば布団《ふとん》にくるまり丸くなっていた天馬《てんま》は、ただひたすら「記憶よ消えろ」と海馬《かいば》に指令を送っていた。

しかし、その出来事はあまりのインパクトでくっきり脳裏に焼き付いており、どんな天才外科医の手術を以《もっ》てしても剝がすことはできそうにない。

代わりにできたことと言えば精々、このことは墓場まで持っていこうと決意するくらい。

齢《よわい》十六にしてこんな物騒な慣用句を使う機会に巡り合うとは思いもしなかった。

そんなある日の夜だった。

△

ギャップ萌《も》えという概念が存在する。

意外性や二面性がプラスに作用することで生まれる、ときめき。

ツンデレなるキャラが典型例。強面《こわもて》のヤクザが捨て犬を拾うと善良な市民が同じ行為をするよりもなぜか高く評価される現象も、これに該当する。

その意味では、気の強い美人が裏で百合《ゆり》小説を愛読しているだなんて、ど真ん中のギャップ萌《も》え。事実、この時点では天馬《てんま》も「意外と可愛《かわい》いやつなのかも」と好意的な印象を持っていたほどだったが。そこにもう一つ、こんな要素が加わったらどうだ？

その女は親友に対してベタ惚《ぼ》れ。友情を遥《はる》かに逸脱した劣情を、ポエミーな文章にしたためてしまうほどなのだと。ギャップと呼べるのは確かだが、ここまでくるともはや萌《も》えの成分は行方不明。寒暖差が激しすぎて体調不良を起こすレベル。

「まぁ……あれだけ可愛《かわい》けりゃ好きになってもおかしくはない……のか？」

誰にも聞こえないような声でぽつり。

四時限目が終わり、昼休みモード一色に染まりつつある教室のただ中。視線の先では今日も今日とて陽《ひ》だまりのような笑顔を振りまく麗良《れいら》の姿。

「凜華《りんか》ちゃん、凜華《りんか》ちゃん」

無邪気に親友のもとへ駆け寄り、「お昼、一緒に食べましょ？」と誘いをかける彼女は夢にも思っていないだろう。その相手から性的な目で見られているなど。

あの怪文書を見た天馬《てんま》ですら半信半疑なのだから。なにせ現在、想《おも》い人《びと》である麗良《れいら》からの誘いを「今日は他に用があるから」と凜華《りんか》は涼やかに断っているわけで。

本日に限らずこれが日常。友好的なアプローチをかけてくる麗良《れいら》に、凜華《りんか》はつれない態度で接してばかり。はたから見ると心の壁を作っているようにも思えてしまう。

仲良くお喋《しゃべ》りするだけが女子の友情ではないだろうけど、それにしたってもう少し愛想《あいそ》よくできないものか。何より良くないのは、あの顔。ギラついた目は獲物を狩るときの肉食獣そのもの。殺気に近いプレッシャーが対峙《たいじ》した者をあまねくすくみ上がらせる。

実際こうして、はたで見ているだけの天馬《てんま》でさえ背中に冷たい汗をかいており。

「ん？」

憮然《ぶぜん》とした表情でカツカツ歩く凜華《りんか》の姿が、どうしてだろう、視界の中でにわかに大きさを増したと思っていたら、次の瞬間には、

「矢代天馬《やしろてんま》、だったっけ？　あなた」

机に、ばちん、と。はっきり音が立つくらい勢いよく手のひらを叩《たた》きつけ、腰を曲げ、鼻先が触れそうなほど顔を近づけてきた。

「は……イ？」

その二文字を発するのが精一杯。天馬《てんま》は頬杖《ほおづえ》を突いたまま固まる。

眼前には人形みたいに整いすぎた相貌。鼻孔をくすぐるのは薔薇《ばら》の香り。それらを感じ取ることのできる距離まで凛華《りんか》に接近したのは初めて。テレビでしか知らなかった芸能人を生で見たのに近い感覚。たぶん、遠巻きに見るより十倍は迫力がある。

「ちょっと話があるの。ついてきてもらえる？」

「え？」

心の奥まで見透かされていそうな褐色の瞳から目を離せず、何を言われたのか理解するまで間ができる。ただ、ざわざわと周囲の空気が騒ぎ立つのは肌で感じていた。

それもそのはず。奇異の目をたしなめる以外の目的で彼女が教室内の男子に話しかけることなど、知る限り今日まで一度もない。事件に等しい。

なぜ天馬《てんま》がその当事者になってしまっているのか？

思い当たる節などもはや一つしかない。だが、どうして……

「ねえ？」

「はっ！」

スゥーっと。吹き付けられた生暖かい吐息で意識を取り戻す。

「ついてこいって言ってるんだけど。オッケーよね？」

「あ、いや……」

いつの間にやら命令形にコンバートされている。有無を言わさぬ物腰に気圧《けお》されつつも、とにかく今は頭の中を整理する時間が必要と英断。

「悪い、無理だ。これから学食で飯食おうって話になってて……な、なあ、颯太《そうた》？」

明確なSOSだったが、呼ばれた男は「ん？」と怪訝《けげん》そうに振り向く。覚えのない約束に同意を求められたのだから当然だが、大丈夫。察しの良い《い》彼なら話を合わせてくれるはず。

ただならぬ雰囲気で肉薄する凛華《りんか》と、それにたじろぐ天馬《てんま》。奇妙な構図に戸惑いつつも、颯《そう》太《た》はしばらくして「あっ」と何か気が付いたように口をすぼめる。

よしそうだ、それでいい、今すぐ俺を連れ出せ、と。天馬《てんま》は内心ほくそ笑むのだが。

「大丈夫！　僕のことは気にしないで皇《すめらぎ》さんを優先してよ、矢代《やしろ》くん」

「おいぃ！」

爽やかに言い切り、ファインプレーでも決めたように颯太《そうた》はサムズアップ。きらめく瞳は「楽しんできてね」とでも言いたげ。どうやら彼のお節介スキルが発動したらしい。

「拒否する理由はなくなったみたいね」

くいっと。顔を廊下の方に振って見せる女。ちょっと面《つら》ァ貸せや。表出ろよ。不良漫画で頻出のフレーズがお似合い。従ったらひどい目に遭いそうなので、なけなしの勇気を振り絞る。

「ま、待てよ。話があるって言うならここで聞くからさ……いいだろ？」

鋼の意志。断固としてこの場を離れない。石膏《せっこう》で固められた像にでもなった気持ちで、不動の構えを敷いたのだが、

「行くわよ」

それもうたかたの夢。問答無用とばかりに手首をつかまれ、ひねられ、極《き》められ、引っ張られる。突如降って湧いた女子との触れ合いに心躍らせる余裕もなく。

「ひぃー！」

女の細腕とは思えない万力じみた握力を発揮したまま、凛華《りんか》はダンプカーのように発進。天《てん》馬《ま》の体をどこまでも、どこまでも引きずっていくのだった。

春の嵐はいつだって突然だ。抗《あらが》う術《すべ》はない。


痛い離せわかった自分で歩くからと半泣きになって訴える天馬《てんま》など歯牙《しが》にもかけず、終始無言を貫いた凛華《りんか》は一段飛ばしで階段を上り、大股で渡り廊下を通りすぎる。

永遠にも思えたランデブーが停止を迎えたのは、別棟の視聴覚室。そこでようやく拘束を解

かれたが、次の瞬間にはグイッと首根っこをつかまれ、背中へ張り手を食らわされる。もつれる足でステップを踏み、ずっこけるのをなんとか回避。

ガチャリ、嫌な音に振り返れば案の定、後ろ手にドアを施錠《せじょう》している凛華《りんか》。拉致という表現がここまでしっくりくる状況もそうそうない。

「お前！　いったいどういうつもり……！」

あまりに横暴な振る舞い。正直、天馬《てんま》は頭にきていた。ムッとしていた。ここは男らしくガツンと言ってやろうと怒鳴ったが、その気力が持ったのも数秒。

「ヒェッ……」

瞬《まばた》きもせず、カッと大きな目をさらに大きく見開いた女が、一歩、また一歩とにじり寄ってきていたのだから。猟奇殺人鬼に追いつめられたときのような絶望感。

密室と化した空間で救いの手を差し伸べてくれる神父がいるはずもなく。窓際《まどぎわ》まで追いつめられ、もはや捕食されるのを待つしかない子羊と化した天馬《てんま》。

待て、話せばわかる。そんな命乞いの言葉を発する暇さえ与えず、真正面で仁王立ちする長身の女はくすんだ瞳を凶悪に眇《すが》める。

殺《や》られると本能で察したのもつかの間、ビュンと風を切って拳が突き出された。

「顔はやめてぇっ！」

反射的に目をつぶる。同時に、交差した両腕で可愛《かわい》くもない顔面を精一杯守るポーズ。

しかしいくら待っても、一方的な暴力が天馬《てんま》の体を痛めつけるようなことは、なく。

「これ、知ってるわよね？」

凛華《りんか》の声。おっかなびっくりガードを下げてみると、眼前に突きつけられていたのは手のひらサイズの本。君主の道を説くと思《おぼ》しきその表紙には見覚えがある。

「今朝、机の中に入ってたのよ。あんたが入れたんでしょ」

「………」

知らんと返そうとした言葉も、高圧的な下目遣いであえなく封殺。身長的には対等くらいなのだが、天馬《てんま》は猫のように背中を丸めて縮こまり、一方の凛華《りんか》はピンと背筋を伸ばしたモデル立ちなため、このような構図になっていた。

「ほん……っと、馬鹿したわよね、私も。冷静になって考えれば、すぐわかるのに」

はぁ、っと。不幸の黒猫でも呼び寄せそうな闇色のため息を吐き出した凛華《りんか》は、鬱陶しそうに耳へかかった髪を払う。

「セクハラまがいのジョークをかますしか能のないハゲ山田《やまだ》の授業を、少しでも快適な時間にしようと携帯したのがこの『欲望のヴァージン』だったのに……すっかり頭から抜け落ちていたわ。まったく、動揺っていうのは人類を滅ぼす魔物ね」

自戒の念を表すためか、凛華《りんか》は大げさに肩をすくめる。あの小説、そんな十八禁めいたタイトルだったのかよと驚愕《きょうがく》する天馬《てんま》だったが、言葉には出さず。

「へえ？　な、な～んだ……クンシュロンじゃなかったんだ、その本？」

傷口を最小限に抑える処方箋。ただ単に忘れ物を返却しただけ。自分は何も知りはしないのだと。嘘発見器《うそはっけんき》も欺くくらいの精神で、シラを切り通そうとしていたのだが、

「とぼけるんじゃないわよぉ！」

「ごめんなさい！」

あっさり降参。繰り出された掌底《しょうてい》は頬をかすめ背後の窓ガラスに突き立てられた。視界一杯に映るのは憤怒《ふんぬ》の形相。壁ドンなる行為をされるのは初めて。この場合は窓ドンか。どちらにせよ少しも嬉《うれ》しくない、エモさのかけらもない初体験だ。

「直接返しに来なかったのは、何か後ろめたい思いがあったから。つまり……中身を見たんでしょ。違う？」

「う……」

図星も図星、ど真ん中を貫かれて反論の術《すべ》を失い。

「……そ、そうです、そうだよ、その通り！」

自暴自棄になった天馬《てんま》は、ほとんど泣きべそをかくように思いのたけをぶちまける。

「こうなるのが一番嫌だったんだ！　これだからプライド高いやつは面倒くせぇ！」

「鼓膜が痛いから大声出さないで！」

「そっちも大声だろ！　こっちはこの件を穏便に済ませたいだけなんだよ！」

窮鼠猫《きゅうそ》を噛《か》む。追いつめられた天馬《てんま》の中ではリミッターが外れていた。

「いいか？　たかが同じクラスってだけで友達でもない、それどころか今の今まで一度も話したことすらなかった女のことなんて、俺は別にどうだっていいし。ましてやそいつがどんな本を読んでどんなエキセントリックな趣味を持っていようがぜん…………っぜん興味がないから、安心しろ！　絶対に、誰にも、言わねぇよ！」

一息で言い終えた天馬《てんま》は短距離走のあとみたいに肩を上下させつつ、思った。捨て鉢になって出た発言だが、もしかしたらこれが一番冴《さ》えたやり方だったのかもしれない。

凛華《りんか》のむくれた表情が崩れることはなかったが、その片眉がぴくりと痙攣《けいれん》。

「そう、良かった。安心したわ」

鞘《さや》に刀を納めるように、ようやく突き出していた手を引き、体も一歩下がる。人類にとっては小さなその一歩が、今の天馬《てんま》にとっては大きな一歩。

「な、なら、もう用は済んだ……よな？」

ふぅ、っと。熱を冷ますように息をつく。

なんだかんだで、うまくいった。よくやった。天馬《てんま》は自画自賛していた。

なにせこのままいけば、触れずに終わらせることができる。一番危険な部分には。

「じゃあ、俺はもう行くからな」

一方的に言い捨て踏み出す。頼む、何も言うな、決して呼び止めるな、このまますんなり解

放してくれ。商品を隠し持った万引き犯はこんな気分なのだろう。しかし、

「もう一つだけ聞いてもいい？」

空気を一瞬で凍り付かせるような声音に射貫《いぬ》かれる。叫ばれたわけでも、怒号を浴びせられたわけでもないのに、天馬《てんま》の体は挙動を停止。

「この本……中に何か、挟まってたりしなかった？」

「ッ……!!」

ドクン、と。破裂しそうに音を立てた心臓が、熱い血潮を送り出すのがわかった。

恐怖に支配された体は硬直、小指の先すら動くことはない。

駄目だ。これは一種のカマかけ。凛華《りんか》はきっと天馬《てんま》の反応を見極めている。ならばこんな、いかにも狙い撃ちを食らったかのような姿をさらすのはまずい。

錆《さ》び付《つ》いたボルトで関節を留められたようにギシギシ骨を鳴らし、振り返る。

「何かって……」

例のアレを指しているのは、瞬時に理解できた。問題はどう答えるのが最善か。顎を引いた凛華《りんか》の顔は黒髪のカーテンで覆われ、感情を読み取ることはできない。

「……ッ」

まずった。何を悠長に時間をかけている。

どんな策を選ぶかは重要じゃない。選んだ策を全うするのが重要。

「何か、入ってたのか？」

自信を持てと自分に言い聞かせる。事実、最初の時点では日記の存在など知らなかったのだ。

「俺は見てない。知らないけど？」

最初から最後まで、噛《か》むこともなければ声が上擦ることもなく。ここにきて最高の役者を演じてしまったかもしれない。凛華《りんか》の顔は見えないが、幸い怪しまれている雰囲気はなく。

「そうだったの」

「あ、ああ。じゃあほんとに、俺はこれで……」

「待って。最後に、本当に、もう一つだけ。聞かせてもらえる？」

「な、なんだよ？　さすがにしつこい……」

「どうして嘘《うそ》つくの？」

「え？」

瞬間、天馬《てんま》の体に電流走る。その衝撃は落雷のように脳天から足のつま先まで突き抜け、言葉を失わせた。それほどに驚愕《きょうがく》していた。

理由は、ゆっくり顔を上げた凛華《りんか》が、笑っていたから。

生まれてから今日まで一度も笑ったことがないと言われても信じてしまいそうなほど冷淡に思える彼女が、口角をきゅっと上げ、逆に目尻は緩やかに下がっている。

飲み込む唾が痛いほど喉はカラカラに渇き、胸がざわつく。

　――何が起きている。いや、起きようとしているんだ？

「どうして、嘘《うそ》、つくの？」

　同じ問いかけ。赤ん坊をあやすかのように一音一音を区切り。

「う……嘘《うそ》って、なんで」

「中にね、ルーズリーフが一枚、挟んであったんだけど」

「だから俺はそんなの知らな」

「ページが違うのよ。挟んであった場所が変わってるの。私の手元に戻ってくる前と後でね。その前後でこれに触った人間って一人しかいないでしょ」

「…………」

　カタカタカタ、と。天馬《てんま》の震える顎が奥歯を打ち合わせての大合唱。取り返しのつかないミスを犯してしまったと今さら気付いたのだから、しょうがない。

「さーて、ここで問題です。慌てて紙を元に戻したつもりになっていたその男が、知らぬ存ぜぬを突き通そうとしたのは、どうしてなのか？」

　依然として、笑顔。怒ってないから正直に話しなさいと叱りつける保育士。

「答えは簡単。そいつはそこに書かれていた文章を読んでしまっていたから。面倒ごとに巻き込まれるのを嫌って全て見なかったことにしようと決意した。どう、合ってる？」

　確信した。もう逃げ場はない。二時間サスペンスだったら涙ながらに犯行を自供する以外に尺は残されていない、十時四十三分くらいの時間帯。

「すまん」

こうなればもはやどんな処罰も受け入れるしかない。

「俺も、見たくて見たわけでは、なかったんだよ」

脱力感でぐったり弛緩《しかん》したまま、天馬《てんま》は刑が執行されるのを待っていた。

しかし、いくら待っても凜華《りんか》の顔が般若《はんにゃ》に変貌することはない。襲い掛かられることもなければ、罵りを浴びせられることすらない。それどころか、だ。

「……え」

その瞬間、ツーっと一筋、流れ落ちた雫《しずく》。天馬《てんま》の思考はぐにゃりと潰れる。

葉がそよぐたびに降り注ぐ木漏れ日みたいに、何度も、何度も。透明な光の粒が溢《あふ》れ出《だ》して頬を濡《ぬ》らした。精霊の棲《す》む泉から汲《く》み取《と》ってきたように純粋で、神秘的な色。

啞然《あぜん》とした天馬《てんま》は、彼女が泣いているのだと理解するまでに時間を要した。あり得ないことだと思っていたから。あの皇凜華《すめらぎりんか》を泣かせる立場になるだなんて、そんなことは絶対に。

「ふ、ふふふ、フフフ……思ってもみなかったわ。まさか私の純潔が、こんな男に……」

漏れ出した不気味な笑いは決意か諦念か。

「お母さん、麗良《れいら》、ごめんね……私、これから少しだけ、卑《いや》しい女になる」

「お前、さっきから何を……」

よくわからない独り言をゴニョゴニョ呟《つぶや》く凛華《りんか》は、流れる涙を乱暴に拭ってから凛々《りり》しく眉を上げた。そして、

「さあ、どっからでもかかって来なさい！」

シャキーン、と。効果音まで聞こえてきそう。両腕を水平に広げて足は踏ん張る、謎のポーズを取った。思い出すのは動画サイトで見たアリクイの威嚇——本人的には敵意丸出しのそれがあまりに間抜けで、言語の枠を超え世界中が笑いに包まれたわけだが。

「…………⁇」

眼前の女がリアルにそんな奇行へ転じれば、不可思議の一言に尽きる。シュールな沈黙が吹《ふ》き荒《すさ》んだのち、ハッと何かに勘付いた凛華《りんか》は、

「そ、そう。わかったわ。まずは私から……そういうことなのね？」

「お、おい？」

襟元にひっかけた指を乱暴に引き下げ、首のネクタイをしゅるりと解《ほど》いた。はだけた服の隙間から色っぽい鎖骨が露《あら》わになる。そのまま同じ指でシャツのボタンを上から一つ、二つ、順番に外していき、下着の形や柄が否応《いやおう》なく目に飛び込んでくる。

「待てよアホ！」

叫んだのは、つんのめりそうな勢いで凛華《りんか》の腕をつかんだ後。

「す、ストリップでも始める気か、お前⁉」

テンパリマックスの天馬《てんま》に向け「かまととぶるんじゃないわよ、今さら！」濡《ぬ》れた瞳のまま心底ウザったそうに吐き捨てる女。

「ケダモノの考えなんて全部お見通しなんだから」

「は、はぁ？」

「どうせこれを機にじっくりたっぷり強請《ゆす》って、最終的には私を性奴隷にするつもりだったんでしょ？　あーあー、男って本当に最悪。脳味噌《のうみそ》が下半身に直結した最低の生物ね」

「誰がいつそんな要求をした！」

ここはエロ漫画の世界じゃないんだぞ。真っ当な説教も今の彼女には届きそうにない。積層された理性の殻が脆《もろ》くも剝がれ落ちる、そんな音を聞いた気がした。

「こっちはもう覚悟ができてるんだから。とっとと終わらせてくれる？」

「一方的に覚悟を完了するな！」

思考回路が猪《いのしし》レベルに凝り固まっているらしい凛華《りんか》は、じれったそうにスカートのホックへ手を伸ばす。させるかとばかりに天馬《てんま》はその手首をつかまえるのだが、

「……って、あ、やばっ」

不意にバランスを崩し、転倒。結構な勢いで床に打ち付けられたはずなのだが、思ったより痛みはない。凛華《りんか》の体という柔らかなクッションがあったから。

「わ、わりぃ！　大丈夫………ん？」

這《は》いつくばったままの体勢で謝る天馬《てんま》だが、下にいる女が罵声を返してくることはなく。仰向けに寝そべった凛華《りんか》は、薄《うっす》らした谷間やそこからおへそに続く健康的なラインを隠すこともせず。半裸同然のまま微動だにしない。それは全てを受け入れている証拠。

やるならやりなさいよ、という視線で串刺しにされる。

「勝手に抱かれるモードへ入るなぁ！」

お次は生気を失った目。ハイライトの消えた虚《うつ》ろな瞳で凛華《りんか》は遠くを見つめていた。

「天井のシミを数えるのも禁止！」

「……なに、悲鳴でも上げるのがお好み？　はいはい『助けてママー』、これでいい？」

「ぼ、棒読みぃ」

「怖くなんかないわよ。体をいくら汚《けが》されても、心は……私の心は、麗良《れいら》だけのものだから」

「落ち着けっての。俺はただ……」

「うるさい。あんたに……あんたに、私の気持ちがわかるもんか」

顔を横に向けた凛華《りんか》の頬を伝い、再び滴《したた》る悲しみの結晶。ギリギリで堪《こら》えていた感情の紐《ひも》が緩んでしまったかのように、どんどん、どんどん。

「…………っ」

と、胸が締め付けられて窮するのは天馬《てんま》。真っ赤な顔で瞳を一杯に潤ませる凛華《りんか》はもはや普段と別人。平静を捨て去った相貌には年相応の幼さだけが残されていた。

「一番の親友相手にイケない情欲を抱いて。現実で満たされない欲求を埋めるために、百合《ゆり》作品を読《よ》み漁《あさ》って。痛い日記まで書いて。これ全部知られちゃったのよ？」

急激にこみ上げてきた罪悪感が全身を侵食していき、自分の体が自分の物ではなくなってしまったような感覚に天馬《てんま》は陥る。

「とんでもない痴女なのは自分でも理解してる。でも、仕方ないじゃない。好きなんだから。好きに……なっちゃったんだから。ねえ、それの何がいけないの？」

「いけないなんて、俺は一言も」

「はっきり言いなさいよ。どうせあんたも引いてるんでしょ、ドン引きでしょ？　私の羞恥心はとっくに限界突破なんだから。これから……どうやって生きていけばいいの？」

「す、すまん。勝手に見たのは俺が悪かったよ、本当に。けど、大丈夫。神に誓って黙ってるし、他にも……お前の気が済むんなら何でもするから、な？」

「ああそう、だったら私の壊れた心を今すぐ元に戻しなさいよぉ～……馬鹿ぁ！」

「だからごめんってぇー!!」

泣き崩れる女子高生の隣。本気の土下座で額を擦《こす》りつける哀れな男の姿があった。滅多に味わえない体験なのは確かだが、できるのなら知らずに一生を終えたかった。

チャイムが、遠くで鳴っている。午後の授業が近いことを知らせる予鈴なのに、今は他人事《ひとごと》のように聞こえてしまう。

「……ひっく、うっく」

昼休みをフルに使い泣きじゃくった凛華《りんか》は現在、部屋の隅っこで膝を抱えての体育座り。水をやり忘れて萎《しお》れた朝顔のようにぐったり頭《こうべ》を垂れていた。

「おい、その……」

視聴覚室の角へすっぽり収まり消沈する女のもとまでやってきたはいいものの、天馬《てんま》はなんと声をかければいいのかさっぱりわからず。

「生きてる、か？」

「……」

答えはない。長すぎるストレートの髪は床に黒い川を作っていた。泣いた赤鬼という童話のタイトルがなぜか思い浮かんだが、どんな内容だったかは思い出せない。

現実逃避していても仕方ないので、とにかく、床に落ちていたネクタイを拾い上げ、持ち主に差し出してみる。

「ほらこれ、締め直せよ。五時限目、もうすぐ始まるぞ」

「……」

「赤い目のままだと戻りにくいから、さっさと泣きやんだ方がいいって」

「……」

対象は沈黙。一向に動く気配がない。こうなったら一発ショック療法でもかましてみようかと思い立ち、不本意ながらも実行に移す。

「非常に申し上げにくいんですけど……さっきからお前パンツ丸見えだぞ」

「死ね」

ダメもとだったが効果は抜群。粘着性のジト目で仰ぎ見てきた女は、釣り上げられたように立ち上がる。やっぱりこいつタッパあるなぁと気圧《けお》される天馬《てんま》の前で「ズズーッ！」恥じらいなく鼻をすすった後、袖で顔をごしごし。涙の痕を消そうとしているらしい。

一通り拭い終えると、天馬《てんま》の手に垂れ下がっていたネクタイをぶっきらぼうに引っつかみ、首には巻かずブレザーのポケットへ押し込んだ。シャツもしっかりボタンを留め直す。

そして、それから。

居心地悪そうに目を泳がせたが、最終的に天馬《てんま》をロックオン。マッチが載りそうなくらい長いまつ毛は朝露に濡《ぬ》れる花弁のよう。不服そうに口を尖《とが》らせ、もの言いたげな視線で、しかし何も言わぬまま睨《にら》みを利《き》かされる。

「ごめんな、いろいろ」

無言の圧力に屈した天馬《てんま》は、もう何度目かわからない謝罪。さっきまではむしろ自分が被害者だと思っていたのに。そんな考えはすっかり吹き飛んでいた。女性の涙がこんなにも強力だなんて知らなかった。ずるい、卑怯《ひきょう》だと訴えたところで、裁いてくれる者はいない。

「なんで、謝るのよ」

「勝手に見たのは事実だし……本の中とか、挟んであったやつとか諸々《もろもろ》」

「わざとじゃないって言ったじゃない。あれは嘘《うそ》？」

「本当だけど」

「なら必要以上に謝ることないでしょ。そういう内罰的なの、ウザい」

「ああ、うん…………え、あれ？」

会話がスムーズに成立していることに、違和感を覚える。

「なに不思議そうな顔してんの」

「いや……ビンタの一発は食《く》らうと覚悟してたからな」

「…………」

されたいの？　とでも言いたげに右手をグーパーさせたものだから「冗談、冗談です！」即刻訂正。

「勘違いしないで欲しいんだけど……さっきはちょぉ〜っと取り乱しただけで。私って、もともとは理知的で大人しいんだからね？」

先ほどの落ち込みぶりはどう見てもちょっと取り乱したというレベルではなかったし、普段の凛華《りんか》を大人しいと表現するのもしっくりこないが。野暮なツッコミはなしにしよう。

「言われなくてもわかってるよ」

実際、好奇の視線に対して威嚇することは多々あれども、物理的に手を出すシーンは一度も見たことがない。その意味では安全……なのか？

「ふぅん？　あっさり納得されるとそれはそれで気に入らないわね」

「無理やり突っかかるのはよせ」

「はぁ……まったく」

「な、なんだよ？」

大仰に首を振って見せた凛華《りんか》は、片頭痛を堪《こら》えるようにこめかみへ手を添えてしまった。

「どうしてよりにもよってこんな、ザ・普通みたいな何の特徴もない地味な顔した能天気で冴《さ》えない凡愚に、私のトップシークレットが………ああ～、不幸だわ」

「言葉の暴力って、知ってるか？」

切り裂く刃《やいば》で天馬《てんま》の心を撫《な》でまわした自覚もない女は、

「いいえ……この際ポジティブに考えましょう」

パチン、と。いかにもなしたり顔で指を弾《はじ》く。

「一人で何を盛り上がってる」

「むしろこの点は不幸中の幸いだったとも言えるわ」

「だから何が」

「知られたのがあんたみたいな人間で良かったって言ってるの」

「……って、え？」

出し抜けに前傾姿勢を取った凛華《りんか》がずいっと顔を近付けてきて、天馬《てんま》は腰を引く。

「黙ってて、くれるんでしょ？　私に関して見知った、全てを」

虹彩《こうさい》と瞳孔の境まではっきりわかる距離。鳶色《とびいろ》のグラデーションの中には天馬《てんま》の顔がはっきり映し出されているのに、なぜだろう。それはまるでもっと遠く、さらに向こう側の景色を見つめているように思えた。

噛《か》み付くわけでも、脅しをかけるわけでもない。ただ純粋に見定めようとしている瞳。目の前にいる一人の男が信用に値するのか。真実を口にしているのかを。

「あ、ああ……約束、するよ」

吸い込まれそうな双眸《そうぼう》を前に、天馬《てんま》は夢遊病のようにぼおっとしていた。

「……よし！　なら何も問題はないわね」

ふんす、と。満足げに鼻で息をした凛華《りんか》。口元には笑みを浮かべ、夕立が過ぎ去り傘を放り出した子供のようにもろ手を上げて伸びをしている。

「切り替え早いのな、お前……」

数分前の自我喪失はどこへ。釈然としない天馬《てんま》は渇いた目で瞬《まばた》きを繰り返す。

「秘密がばれたって言ってもたった一人なんだから。焦《あせ》る必要ないでしょ」

「あのな、こっちはハナっからそう言ってんのに……」

どこかの誰かさんが勝手に我を忘れたりするからややこしくなったんだろ……と。

憎たらしい気持ち全開で凛華《りんか》に視線を送るのだが、

「言いたいことがあるなら大きな声で言ってもらえる？」

見事に撥《は》ね返《かえ》されてしまったので、恨み言は口の中で嚙《か》み潰《つぶ》すしかなかった。

こうして直接言葉を交わすうち、天馬《てんま》の中にぽつりと生まれた感覚。もしかしたら自分は皇《すめらぎ》凛華《りんか》に対する認識を改めなければいけないのかもしれない。見た目通りに切れ味鋭いのは確かだが、理不尽な怒りを振りまいているわけではない。それに、何より……

「否定も何も、しないんだな」

「何が？」

「いや、なんつーか……」

「麗良《れいら》のこと？」

黙って頷《うなず》きを返す。

「今さら変に隠し立てしたって仕方ないでしょ。私は麗良《れいら》のことが大好き。好きすぎて頭が沸騰しそうで、痛い独白を文章にしちゃうくらい」

否定はおろか、気の迷いだったとはぐらかすことすらなく、だからといって開き直るわけでもない。そこから感じたのは彼女の強い信念と真《ま》っ直《す》ぐな心。

「もしもあの娘《こ》を悲しませる人間がいたら絶対に許さないし。万が一でも傷付ける人間が現れたら、この世全ての苦痛を味わわせたあとに東京湾へ沈めるわ。そして私も死ぬの」

「いや生きろ！　親分殺されたヤクザかてめぇ！」

「わ……悪かったわね。それくらい好きって言いたかったのよ」

凛華《りんか》の耳にカッと赤みが差し、舌打ちみたいな破裂音が聞こえた。今日だけでいくつ彼女の新しい表情を見ただろうか。数えると片手では足りない気がする。

「恋をすると人間って変になるもんなの。あんたも経験あるでしょ？」

「ない」

「カァーッ！　何よそんな死んだ魚の目ぇしちゃって。乙女の純な秘め事をことごとく手中に収めたくせして、自分のことはなーんにも話そうとしないのね？」

「そうじゃなくって……」

チッと今度は正真正銘の舌打ち。煮え切らない天馬《てんま》の態度が、くすぶっていたはずの怒りに新たな火種を与えてしまったようだ。

「言っとくけどォ！　あんたがさっき『お前の気が済むんなら何でもするから！』って宣言したの聞き逃してないからね？」

「……ハハ」

聞く耳など持たなかったくせして、都合の良《い》い部分だけはしっかり覚えている。

「あなた様のお怒りが静まるようならどんなご命令にも従います、首輪をはめられた飼い犬のようにでも、奴隷のようにでもなんなりと……そう言ってたわね、確か」

「言うかボケぇ！　悪乗りして捏造《ねつぞう》するのはやめろ！」

「似たようなもんでしょ。何でもするってそういう意味なんだから。いい？　やる気も誠意もないなら、そんな台詞《せりふ》軽々しく口にするんじゃないわよ」

「俺だって無責任に言ったつもりは、ひとつも……」

できる範囲でなら力を貸してやりたいと、本気で思っていたからこそ出た言葉だ。

「ならあんたの好きなやつの名前教えなさいよ」

「はぁ？」

「あとその子を思って書いた詩集と小説を全編読ませなさい。そうすれば気が済む」

「お前なぁ……」

「今言ったやつ全部こっちは見られてるのよ？　不公平でしょ」

ポエムを書くのが世間の常識みたいな言い草だし、自分の受けた痛みを他者にも味わわせることで満足を得ようとする、およそ世界平和から程遠い思想にも天馬《てんま》は呆《あき》れてしまった。ここはひとつ喝を入れる必要があるが、どちらにせよ。

「それは無理な話だ」

「ほらね。所詮その程度の覚悟しか……」

「ない袖は振れないだろ」

「はい？」

「だから、相手がいないから教えようがないってこと」

「……」

何を言われているのか理解できない、不思議そうな顔。次に、何かに気付かされたようにはっと目を見開き。最終的には本気で同情しているような憐憫《れんびん》の相に行きついた。

「その……なんか、ごめんなさい？　強く当たったりして」

「マジで可哀《かわい》そうなやつを見る目をするのはやめろ」

これだから恋愛脳を相手にするのは嫌なんだ。うんざりする天馬《てんま》だった。

こいつらは総じて恋に焦がれることこそが健全の象徴だと思い込んでいる。それこそが人生の醍醐味《だいごみ》なのだと熱弁を振るい、恋バナの一つもできないと平気で非人間扱いだ。

「誰からも愛されないからって、あなた自身が誰かを愛しちゃいけないわけじゃないのよ？　人を愛することは神様が私たちへ平等に与えてくれた権利なんだから」

「ケッ。偉そうに…………って、うおっ！」

天馬《てんま》は素っ頓狂な声。壁掛けの時計が目に入ったため。気が付けば休み時間のマージンも底を尽き、授業の始まりまで一分も残されていない。急がねば教師に叱られる。

すぐにロックを解除して扉を開け放った。後ろから続くのは不服そうな声。

「ちょっ、まだ話の途中でしょうが」

「うるさい。争いは同レベルの者同士でしか発生しないんだ」

「はぁ？　それってどういう……」

そうして、半ば魔境と化していた視聴覚室を脱出。幸い五時限目に遅れることはなく。力尽くで連れ去られる現場を目撃されていたせいもあり、いったいどんな折檻《せっかん》（もといご褒《ほう》美《び》）を食《く》らったんだと聞きたがる男子もいたが、その熱も長くは持たなかった。

天馬《てんま》のように凡庸な一個人が、凛華《りんか》のようなスター選手とどうにかなるはずない——それが彼らの共通認識なのだから。きっと明日には日常の風景が再構築され、まるっきりもとの世界に戻っているはず。それが自然の摂理だと。

気楽に信じ切っていたこのときの天馬《てんま》を、いったい誰が責められようか。

△

その日の帰り道。夕方の街は春特有の心地《ここち》好い空気で満たされているというのに。

「ハア～……疲れた」

俯《うつむ》き加減《かげん》の男は、幸せが百年分は逃げていきそうなため息を吐き出す。

それも無理からぬこと。節電モードがデフォルトの天馬《てんま》にとって、凛華《りんか》との接触は間違いなく過負荷。コイルとかモーターとか電池とか色々、すり減りにすり減っているのだ。

頼むからもう何も起こってくれるなよと項垂《うなだ》れる天馬《てんま》を、他校の制服を着たカップルが悠々追い越していく。抜き打ちテスト最悪～、お前が勉強してないのがわりーんじゃん、何それひどーい、あはははは。笑い声を天馬《てんま》の耳に残して、彼らは人混みへ消えた。

ありふれたそんな光景を注視してしまうのはきっと、凛華《りんか》から言われた台詞《せりふ》のせい。

『人を愛することは、神様が私たちへ平等に与えてくれた権利』

恋をしている者の方がしていない者よりも優れている。

人を好きになる人間の方が正常で健全。もしも生まれてから今日まで誰も愛したことがないような人間がいるとしたら、そいつは異常で不健全極まりないのだと。

この世界にはどこか、そんな風潮がはびこっている気がしてならない。

駅ビルの前で立ち止まり、重苦しい気分を苦笑に変える。顔を上げると、スーパーマーケットのウィンドウに天馬《てんま》の姿が映っていた。何の変哲もない高校二年生がじっとこちらを見据えている。我ながら冴《さ》えない顔である。

——俺だって、本当は。

呟《つぶや》きかけた言葉は誰に向けたものなのか。自分にもわからない。

「……やめよう、うん」

らしくもない考えに浸りかけていたが、大丈夫。全て終わったことなのだ。きっと今が不幸のピークで、これ以上のハプニングなんて起こらないし、起こるはずもない。

大きくかぶりを振った天馬《てんま》は、そのままJRに通じる中央口へ入ろうとしたのだが。

「ん？　あれって……」

思わず足を止める。鈍色《にびいろ》の街にはとても似つかわしくない、鮮やかな色を見つけたから。

光の粒を編み込んだようなブロンドは、雑踏の中にあっても一際《ひときわ》目立つ。均整の取れた体を包む制服が、どこか拘束具のようにも見えてしまう。遠目にも見紛《みまが》うはずはない。凜華《りんか》と双璧を成すもう一人の貴人——椿木《つばき》麗良《れいら》だ。

もっとも見かけただけなら（こんなところで何してるんだろうとは思うが）さして驚く要素はない。数秒もせずに素通りだったろう。天馬《てんま》が今、そうしないでいる理由はただ一つ。

彼女の置かれた状況にある。バスやタクシーの行き交うロータリー。その近くで立ち止まっている彼女は、三つの大きな影に取り囲まれていた。

ダボダボのパーカーやダメージジーンズ、平べったいキャップ。見るからにチャラくてファンキーなトリオ。どう見ても麗良《れいら》のお友達には思えず。

こっそり近付いてみれば、案の定。

「どこ住みなの？」「ってかラインやってる？」「良かったらお兄さんたちと遊ぼうよ～」

——う、っわー……。

それを聞いた瞬間、天馬《てんま》は眉毛を互い違いにひん曲げあんぐり。

こんな激寒《げきさむ》の誘い文句を吐ける輩《やから》が、今も絶滅せずに生き残っていようとは。三人とも大学生くらいの年齢。ガタイが良く、何かスポーツをやっているのかもしれない。

軟派と書いてナンパと読むのがしっくりくる彼らを前に、金髪の少女はすっかり困り顔。学校ではあまり見せることがないネガティブな感情を露《あら》わにしていた。

「す、すみません。私、お使いの途中で……これを届ける必要が」

持ち上げたのはLサイズのレジ袋。スポーツドリンクがぎっしり詰まっている。

「近くでバスケ部の皆さんが試合をしており。それで、だから、あの……」

知っている。友人（主に颯太《そうた》）伝《づて》に聞かされた情報。彼女自身はどの部にも属していないのだが、欠員が出たりマネージャーがいなかったりする部に、よく助《すけ》っ人《と》を頼まれているのだと。

それに毎回応えてしまう辺りが誰からも愛される所以《ゆえん》。

「残念ですが、今はご一緒できません」

無理に笑って見せた麗良《れいら》はやんわり拒否。見知らぬ相手にも清く礼儀正しい。育ちの良さが垣間見《かいまみ》えるが、今回はその優しさが徒《あだ》となる。

「あ！『今は』ってことは、そのあとならいいんだよね」

「いや～重いでしょそれ？　代わりに持ってあげようか」

「歩くのもメンドイし、タクシー乗ろっか」

強く断れない人間だと。押せば折れると確信したらしい彼らはもう、ぐいぐい、ぐいぐい、畳みかけるように。

「すごく綺麗《きれい》なパツキンだけどハーフとか？　どこ出身？」

「フランス？　パリ？」

「まさしく英国美人って感じだもんね」

インテリジェンスの欠片《かけら》も感じられない辺り失笑に値するが、麗良《れいら》は笑っていない。顔からみるみる血の気が引いていく。困り顔から外敵に怯《おび》える子猫のそれになり、唇を震わせ。か弱い女子を怖がらせている自覚もない男たちが、攻撃をやめる気配はない。

「ぐ……」

そんな光景を前に、ごくりと唾を飲み込む男が一人。

窮地に立たされている少女に、救いの手を差し伸べる人間は現れない。往来の人々は彼女のピンチなどには気付かず、あるいは気付かぬふりをして通り過ぎていく。

そんな彼らを非難する資格は、天馬《てんま》にない。あっちは三人。しかも年上。しかもでかい。腕力に物を言わせてきたらどうしようもないし、殴られたら痛いだろうし……と。逃げ出す理由ばかり探しているのだから。

それにもかかわらず。

「あの〜。ちょっとよろしいですか〜……？」

一歩を踏む出すことができた。できていた。理由は少々、いや、かなり特殊であり。

「彼女、嫌がってるみたいですけどぉ……」

「あん？　なんだぁ、こいつ」

威嚇するような眼光が一か所に降り注ぐ。何の前触れもなくカットイン、麗良《れいら》を守るように背中へ隠してしまった天馬《てんま》に。それだけならイケメンに尽きるが、現実は真逆。足はがくがく震えているし、見えない力に押し負けたようなへっぴり腰。顔はもっとひどい。不気味に口角だけ吊《つ》り上《あ》がり、額には脂のような汗をくっきり浮かべている。

「矢代《やしろ》、くん……？」

麗良《れいら》の視線を強く感じた。振り返らずとも不安そうな顔をしていることはわかる。救世主と呼ぶには力不足な上、ギリギリ名前を覚えている程度の面識しかないのだから、無理もない。

「なになにぃ。もしかして君、この娘《こ》の彼氏か何か？」

「違いますけど……」

「じゃあなんだよ？」

「ええ、まあ、ただの知り合いというか、なんというか。アハハ……ははは！」

愛想《あいそ》笑《わら》いが空を切る。男たちは訝《いぶか》しむように首を傾《かし》げた。それはもっともな反応だろう。

天馬《てんま》は限りなく意志薄弱。女子の前でかっこいい姿を見せようという最低限の矜持《きょうじ》すら持ち合わせていない。まるで本当はこんなことしたくないのに、何か別の強大な力が働いてここにいるのだと。そこまで言いたげな雰囲気なのだ。

「なんかお邪魔虫が出てきちゃったし、場所変えるか」

「それがいいな。あっちに良《い》い店があってさ」

相手をする価値もないと即断、天馬《てんま》を乱暴に払いのけた三人。

「ほら、すぐ近くだから行こうよ」

そのまま伸ばされた一本の手が、彼女の細腕をつかもうとしていた。

それを見た途端、衝動的に起きた、否《いな》、起きてしまったとも言うべき事件。

「おいやめろっ！」

え、っと。その瞬間、全員が息を呑《の》んだ。

天馬《てんま》は無意識のうちにナンパ男の手首をがっちり握り、麗良《れいら》に触れるのを阻《はば》んでいた。

断言しよう。平常時ならば、どんな美少女がどれだけ追い込まれていようとも、天馬《てんま》にはこんなことはできない。それが実現した理由は全て、ここにはいない一人の女によるもの。

皇凛華《すめらぎりんか》——背中を押されたとかそういうちんけなレベルではなく、ほぼ強迫観念に等しい。

「……いったい、何を考えてるんだ？」

「へ？」

「どういうつもりかって聞いてるんだよ！」

文字通り子供と大人の体格差がある天馬《てんま》から凄《すご》まれただけなのに。

男たちは一歩後退《あとずさ》り、ぎょっと目を見開く。決して噛《か》み付《つ》くことがないと思っていた子犬に、鋭利な牙を突き立てられる。そんなリアクションだった。

「いいか、この娘《こ》に指一本でも触れてみろ……」

周囲の反応とは裏腹。天馬《てんま》を突き動かしているのはシンプルな理念。一つの使命感だった。

目の前の状況を放置したがために生じる、惨劇。

「そんなことしたら……」

思い出してほしい。凜華《りんか》が言い放った台詞《せりふ》を。

——あの娘《こ》を悲しませる人間がいたら、絶対に許さない。

——万が一でも傷付ける人間が現れたら、東京湾へ沈める。

あのときの目は本気だった。ギャグでもなんでもない。人を刺す前日の顔をしていた。不埒《ふらち》な男が麗良《れいら》の透き通る肌に触れたと知れば、凜華《りんか》は黙っていない。彼らの死亡は確定。

それだけならまだいい（良くはない）。怒り狂った女が次に矛先を向けるのは、その現場に居合わせたにもかかわらず何もしなかった木偶《でく》の坊《ぼう》。そうに決まっている。

つまり、このまま事態が進めば、天馬《てんま》に待ち受けている未来は……。

「殺されるんだぞ？」

「は、はぁ？」

「死ぬんだぞ？」

「て、てめえ、いったい何を言って……」

「四月の東京湾はまだまだ冷たいぞぉー⁉」

「ひぃっ」

カッと見開いた目は幾重にも血走り。発せられる声は深淵《しんえん》から絞り出したかのようなしゃがれ方。死の危険に瀕《ひん》した天馬《てんま》はまさしく鬼気迫り、彼らも根源的な恐怖を感じたのだろう。こいつはやばい、関わってはいけないタイプの人間だ、と。

ザザザザ〜。地面をこするように距離を空け、

「お、おい……こいつやべぇよ」

「もう行こうぜ……」

「そ、そうだな！」

尻尾を巻いて逃げ出すのだった。ナンパならまたいつでもできるし良《い》い女も世間には山ほどいるのだから、わざわざ事故物件に手を出す旨味《うまみ》はない。

「フゥ〜……」

一息つくと形容するにはあまりに盛大。次いで漏れたのは「フフッ」という満足の笑み。

過程はかっこ悪いが、結果だけ見れば成功。悪党を追い払い、天使の純潔が汚《けが》されるのを防いだのだから。安全圏を確保した今になって強気になる時点で、器は知れるか。

「えっと………矢代《やしろ》くん？」

「はっ⁉」

遠慮がちな声。自己陶酔に浸る天馬《てんま》に話しかけるタイミングを見計らっていたのだろう。

光速で反転するとそこには複雑な表情の麗良《れいら》。半分は驚き、残りが何かはわからない。ただ一つはっきりしているのは、彼女が天馬《てんま》の瞳を覗《のぞ》き込《こ》むようにじっと見つめていること。

「つ……椿木《つばき》、サン」

「は、はい」

「………………っ」

大丈夫？　災難だったね――かける言葉は思い浮かぶのだが、上手《うま》く発声できない。

理由は、眼前にたたずむ少女。長い間、日の光に当たるのを忘れていたかのような白い肌。水晶みたいに光る目は色素の薄いまつ毛で縁取られ、艶やかに潤む唇は小さいのに確かな存在感。さらに視線を下げれば胸元では魅惑の膨らみが自己主張。

一方的にならいくらでも拝ませてもらっていた麗良《れいら》が、今まさに自分のことだけを見据えている。その視線を独り占めしている。

そう思うだけで罪悪感が湧き、だけど嫌ではなく、むしろ嬉《うれ》しい、ずっとこうしていたい気もして、危険なお薬に脳を侵されている状態。もう、完全なオーバーヒート。

「き、き、き、きぃ〜……」

「うん？」

沸騰した天馬《てんま》の頭はそしてとうとう、出してはいけない究極の結論を導き出し。

「気を付けて帰ってね！」

「あっ」

言うが早いか、全力で走り出していた。疾風のごとく改札を通り抜け、行き先も何もかも確認せずホームに停《と》まっていた電車へ飛び乗り、ここではないどこかに旅立つ。

落ち着きを取り戻したのは数分後。乗りたくもない通勤快速に乗ってしまっているとわかった車中にて、真っ先に湧きあがってきたのは耐《た》え難《がた》い羞恥心。

だって、そうだろう。自分から割って入ったくせして、異常なまでに及び腰で。かと思えば急に奇声を発していきり立って。最後は逃走。躁鬱《そううつ》が激しすぎて自分でも怖くなる。きっと麗《れい》良《ら》からも変人認定されてしまったに違いない。

「でも……」

後悔だけはなかった。ああしなければ死人が出ていたのだ。チンピラ三人の命。天馬《てんま》の命。そして自害するかもしれない凜華《りんか》の命。合わせて五人も救った計算になる。

この善行もいつか報われるはず。たぶん、天国行きか地獄行きかを決める冥土の裁判とかで。

無理やり自分に言い聞かせ、精神の安定を図る他なかった。

△

「おーい、矢代《やしろ》くん」

「………」

翌朝。もう色々ありすぎて疲弊しきっていた天馬《てんま》は、登校するのと同時に顔面を机に押しつけていた。グロッキー。もしくは落ちるという表現がしっくりくる。

「生きてるかい？」

「……死んでるよ」

「死体が喋《しゃべ》ったね。随分お疲れみたいだけど……おお、凝ってる凝ってる」

そんなことを言いながら肩を揉《も》んでくれる男子が一名。声だけでも颯太《そうた》とわかる。無償の奉仕には報いなければいけないので、仕方なく顔を上げた。

「サンキュー、心の友よ」

「珍しいね。矢代《やしろ》くんがこんな感じにくたびれてるの」

「こんな感じ？」

「君って燃費の良さというか、普段節約している分、体力有り余っているのが売りなのに」

「……よくご存じで」

天馬《てんま》のような影の薄い生徒をここまで正確に分析しているのは彼くらい。何の役にも立たない弱キャラでも、とりあえずレベル百まで上げるタイプの人間だった。

「昨日は本当にやばかったんだよ」

「ああ、皇《すめらぎ》さんに連れ去られたやつでしょ」

「そっちじゃなく。いや、そっちもなんだが。実は放課後、椿《つばき》木さんがだな……」

「これまたビッグネーム」

何かを期待されているようだったが。武勇伝とは程遠い話のため、ありのまま語れる自信はなく。どこまで脚色するかの算段を組み立てていたところ。

「あ、噂《うわさ》をすれば」

ご本人現る。颯《そう》太に言われずとも、空気の変化ですぐに察知できる。彼女の登場により教室内が色めき立つのは、始業式から一週間以上経《た》った今も変わらず。

「おはよう、椿《つばき》木さん！」野球部の丸刈り男子が一番に元気な挨拶。仲の良《い》い女子数名は駆け寄っていき、楽しげなトークを繰り広げる。華やぐ絵だった。自分はとても入って行けそうにない。そんなことを考えながら、ぼけっと眺めていたのだが。

「あっ」ばちり、と。不意に麗《れい》良《ら》と目が合ってしまい、痛恨の極み。昨日のこともあり最大限に気まずかった天馬《てんま》は、直ちに視線を窓の外へ放り投げるのだった。

「……えーっと、ねえ、矢代《やしろ》くん。一つ質問してもいいかな？」

「悪い、颯《そう》太《た》。話の続きはまた今度だ」

「そうじゃなく……ほら、アレ」

「ん？」

「どうして椿木《つばき》さんは、君に向けて満面の笑みで手を振っているのかな」

「それは俺じゃなくてお前に……」

「いや君だよ。おまけにもの凄《すご》いスピードで近付い……うわっ」

「おはようございます、矢代《やしろ》くん！」

「はいぃ！」

至近距離で名前を叫ばれたものだから、脊髄反射で立ち上がる。いつの間にやら颯太《そうた》と入れ替わる形で横にいた麗良《れいら》。なぜかニコニコ。天馬《てんま》の言葉を待っているらしい。

「つ、つーばき、さん。その節は………大変だったね、ハハハ」

精一杯の愛想《あいそ》笑《わら》い。冷や汗を浮かべながら目を白黒させる様は挙動不審そのもの。けれど、麗良《れいら》は気持ち悪がる素振りも見せない。瞳は宝石以上にキラキラ輝き、幻想的な白い頬には心なしか朱色が差している。まるで憧れの王子様に再会したような。

――って、馬鹿馬鹿、何を自分に都合の良《い》い解釈をしている。

現実に向き合おうとする天馬《てんま》の前で、しかし、次の瞬間に起きた現実離れすぎる出来事。

「ありがとうございました！」

「⁉」

たじろいだのは天馬《てんま》だけじゃない。教室中にどよめきが走る。

なにせ麗良《れいら》が、おとぎ話のヒロインみたいな金髪を翻《ひるがえ》し、深々頭を下げたのだから。

「ごめんなさい。昨日、ちゃんとお礼を言えなかったので。本当に助かりました」

たっぷり五秒は経《た》ってから顔を上げた彼女だったが、奇行はまだまだ続く。

「私……ええっと、その……ですね？」

足でのの字を書くみたいに、黒いストッキングに包まれた太ももをもじもじこすり合わせている。自覚がない天然のエロス。頬はさっきより赤く、真紅に染まっている。

もはや微熱では済まされない見た目に仕上がっているが、そんな美少女と対面させられた天《てん》馬《ま》も同じく体温が上昇しているため、救急搬送なら二人分必要だ。

「すごく……かっこよかったです」

「はえ？」

「あんな風に堂々と現れて、助けてくれて……それなのに、感謝されるほどのことじゃないって背中で語って颯爽《さっそう》と去っていくんですから。男らしすぎます」

「……」

そんなことを語った覚えはない。堂々でも颯爽《さっそう》でもなければ男らしくもなかったはず。驚きを通り越して言葉を失う天馬《てんま》の周り。ざわ、ざわ、と。有象無象の声が跋扈《ばっこ》する。あいつ化け物かよ、とか。前世でどれほど徳を積んだんだ、とか。それだけでも十分混沌《こんとん》だったが、

「知らなかったです。矢代《やしろ》くん、とってもいい人なんですね」

周囲の感情に流されない麗良《れいら》の一言により、保たれていた一握りの秩序も消失する。

「私、あなたのことをもっと知りたいです。駄目ですか?」

眼前でパッと咲いた笑顔に、天馬《てんま》は吸い込まれる。

他には何も見えなくなった。何も考えられなくなった。

世界の音がやみ、彼女の声だけが耳の奥で何度も反響していた。

なんなんだ、これ。やめてくれよ。そんな顔されたら。そんなこと言われたら。

——君のこと、好きになっちゃうだろ。

ドシャ、っと。何かが落ちる音が聞こえ、天馬《てんま》は我に返った。

見れば、開きっぱなしのドアにもたれ掛かるように立っているのは黒髪ロングの女。足元では手からずり落ちたと思《おぼ》しきバッグが無残に転がっている。悪い夢にうなされたかのような青白い顔。内股で、何かにつかまっていなければ立つことすらままならない様子。深い絶望が伝わってくる。きっと一部始終を聞いていたのだろう。自分の愛する女が何を言ったのか。

天馬《てんま》は昨日、確かに地雷を回避したのだ。その先に、別の核地雷が埋まっているとも知らず。

二章　その女、勇猛果敢につき

教室という空間は不思議だ。

どれだけのパニックが起こっていようとも、ひとたび授業の時間を迎えればぴたりと秩序を取り戻す。そういう風にできている。

朝っぱらから混迷を極めつつあったクラスを「ほらほら、チャイム鳴ったぞー。さっさと席着けー。ぶん殴るぞー」物騒な一声で統率したのが相沢真琴《あいざわまこと》。

「……おっし、それじゃあ。記念すべき第一回、チキチキ、楽しい楽しいロングホームルームの時間がやってきたわけだが。議題は……」

切れ長の瞳はアイシャドウが濃く、肩口で揃《そろ》ったセミショートはアッシュ系。趣味は麻雀《マージャン》とバイクで休み時間は喫煙所を住処《すみか》にしているという、元ヤン確定な数学教師（二十九歳独身）がこのクラスの担任だった。

「これだ、これ。ちゃっちゃと決めてくからな〜」

パンパン、と。指先のチョークを払った真琴《まこと》は教卓に手をつく。黒板にでかでかと書かれているのは『HR委員長』の文字。

「つーことでぇ……やりたいやつ、我こそはと思う者、挙手でどうぞ」

生徒の顔を見回すが、ほとんど全員気まずそうに目を逸《そ》らしていた。

事あるごとに雑用を任せられるクラス委員は完全な貧乏くじなので当然の反応だったが、その点については見解の相違があったらしい。

「えぇ、なんだお前ら……やりたくないの？　委員長だぞ？　この組のヘッドだぞ？　私だったら是が非でも引き受けたいけどなぁ……違うのかそこらへん」

真琴《まこと》はう～んと唸《うな》ってから腕組み。見た目ちょい怖そうで近寄《ちかよ》り難《がた》いと評される彼女だったが、実際は緩くて天然な部分もあるので天馬《てんま》は嫌いじゃなかった。

「あのー、相沢《あいざわ》先生？」

いたたまれない雰囲気に包まれる中、助け船。ピッと手を挙げた女子が一名。

「おっと。どうした椿木《つばき》女史」

「委員長、やりたい方がいらっしゃらないようなら私が引き受けますけど」

「ほほう……なるほど。見た目に反して野心が強いな、椿木《つばき》は」

見込みあるぜとでも言いたげだったが、麗良《れいら》にはもちろんクラスを牛耳る野望などない。

ただ単に優しく献身的だからこそ。生徒会、広報委員、風紀委員、運営委員、他にも掛け持ちする役職は数知れず。プリントの山抱えて歩く人いれば手を貸し、誰に頼まれたわけでもなく花瓶の水を替え、それをひけらかすこともなく、いつも静かに笑っている。

まさしく聖人。もはや宮沢賢治《みやざわけんじ》が詩のモデルにしたのではないかと信じるレベル。

「そういうわけで委員長は椿木《つばき》に決まったが……もう一人、副委員も必要でな。こっちは男子にお願いしたいんだが……」

「ハイハイ俺がやります！」「僕やってもいいですけど！」「いやいやここは俺が！」

今度は真琴《まこと》が言い終えるよりも早く、声高な椅子取りゲームが始まった。

理由はといえばつまり、そこにぶら下がる役得。普段は畏れ多く遠巻きに拝むことしか許されない麗良《れいら》へ、委員長補佐という名目で堂々と近寄るのを許されるから。

「お前なんかに椿木《つばき》さんの片腕が務まるかよ！」「お前にも務まらねーだろ引っ込んでろ！」

「なら間を取って俺が……」「なんの間だふざけんな！」「醜いぞてめえら！」

あまりに変わり身が早いせいで女子一同は白い目を向けているのだが、そんなのかまうかとばかりにクラス中の男子が立ち上がり小競《こぜ》り合《あ》い。そして、

「おうおういいぞ！　もっとやれー！」

なぜかそいつらを煽《あお》っている担任も含めヒートアップしていたのだが。

「そもそも椿木《つばき》さんに見合う野郎なんて、この学校にいるのかよ」「いや、いねえな」

「大体、こんな浅ましい言い争いをする時点で……」「俺らにそんな資格、ないな」

徐々にその熱も奪われ。最終的には全員が自己嫌悪《じこけんお》のため息を吐き出す。ある種のマッチポ

ンプなのだろうか。傍観者の天馬《てんま》は肩をすくめるばかりだったが。

「あのぉ……いいですか？　私は是非、矢代《やしろ》くんにやってもらいたいんですけど」

不意打ち。その瞬間に痙攣《けいれん》した天馬《てんま》の尻はビクウッと二センチほど飛び跳ねる。

「ん、そうか。椿木《つばき》から一票入ったが。どうだ、矢代《やしろ》」

真琴《まこと》の瞳が天馬《てんま》へ向けられる。ついでに前の方に座っている麗良《れいら》がわざわざ振り向いて視線をくれた。目が合った。微笑《ほほえ》まれた。やっぱり天使だった。

だが、それだけではない。じ〜〜〜〜〜〜、という音でも聞こえてきそうなくらい滅茶苦茶《めちゃくちゃ》に見られている。クラッスメイツ。特に男子の、恨みつらみがこもった目で。

「いや……どうだと言われましても、ネエ？」

「ハイハーイ。じゃあ僕も矢代《やしろ》くんに一票入れておこうかな〜」

「ゲフッ！」

再びの闇討ちに吐血しかけた。速水《はやみ》颯太《そうた》、あの好青年はよほど天馬《てんま》を愛しているらしい。

「二票目。こりゃもう決まりだな」

「あ、ちょっと、先生？　俺に辞退する権利は……」

「じゃ、残りの委員は二人で仕切って決めろ。よろしく〜」

「センセエ！」

天馬《てんま》の叫びをスルーした真琴《まこと》はどこか楽しげ、そそくさ姿を消してしまった。たぶんだが、切れたニコチンを補給しに行ったのだと思う。

「矢代《やしろ》く～ん？」

甘い声に呼ばれる。職務怠慢の担任に代わってさっそく教壇に立った麗良《れいら》が、たおやかに手招き。副委員長のお仕事はもう始まっているのだ。わかっていても体は動かない。許されるなら今すぐこの場を逃げ出したかった。奇《く》しくもその願いを叶《かな》えてくれる猛者《もさ》が一人。

「ごめんなさい、麗良《れいら》」

もう三度目の奇襲に、声さえ発せず。代わりにざわついたのは天馬《てんま》を除く全員。いつの間にか脇の下へ腕を回していた凛華《りんか》は、天馬《てんま》の体を無理やりに立ち上がらせる。がっちり腕組み。ともすれば恋人同士にも見えるそのシルエットには、拘束の意味しかなく。

「彼、すごく気分が悪いみたいだから。あなたの手伝いはできそうにないの」

突拍子もない発言に、しかし、麗良《れいら》は疑う素振りも見せず。

「え！　それは大変ですね。誰か保健室に連れて……」

「私が付き添うから、大丈夫。あ、しばらく戻らないかもしれないけど、心配しないでね」

台詞《せりふ》の半分くらいで凛華《りんか》はすでに駆け出していた。皇《すめらぎ》さんがそんなことする必要ないよ、と。呼び止める者は一人や二人じゃなかったが、歩幅を緩めることはない。

天馬《てんま》は抵抗しなかった。第一にそれが無駄だと理解していたから。第二にいつかこうなるんじゃないかと、ホームルームが始まった時点で心の準備もできていたから。

△

強制連行された先は、宣言通りに保健室。一階だった。

問答無用に屋上から突き落とされるパターンも想像していたため、その点では胸を撫《な》で下《お》ろしたのだが。入り口に「ご用の方は職員室へ」という札がかかっている通り、養護教諭の姿は見えず。この場で殺人事件が起きても目撃者はゼロ。

半ば拉致。薄暗い部屋で二人きり。相手は狂犬。完璧にデジャブだ。昨日と違う点があるとすれば、今の天馬《てんま》が白いベッドに背中を預けていること。

「ど、お、い、う、つ、も、り、な、の、よ？」

「おい、おい、おい……すめ……皇《すめらぎ》ってばぁ⁉」

到着するなり乱暴に押し倒された天馬《てんま》は、完全にマウントポジションを取られていた。頬のすぐ横では鉤爪《かぎづめ》のような指が薄いシーツに食い込む。股座《またぐら》には凜華《りんか》の膝が立てられ、彼女が迫れば迫るほど危うい部分をグリグリ突き上げてくる。

「痛い！　そこは本当に痛い！」

「このまま精液の一滴も作れなくしてやろうか」

「やめてください！　つーか精液とかいうワードを平然と口に出すな！」

「誰の精液を口に出すって？」

「お嫁に行けなくなるぞ！」

男女逆だったら確実に前科一犯（逆じゃなくても、あるいは）。天井の丸い照明越しに見上げる凛華《りんか》は驚くほどのっぺら顔で、それが逆に恐怖を煽《あお》ってくる。碁石のように黒ばむ両目。いつか観《み》たパニック映画の人食《ひとく》い鮫《ざめ》を思い出させる。

「なら答えなさいよ。麗良《れいら》に何をしたのか」

「いやいやいや！　やましいことは何も……ただ、かくかくしかじかのあれこれ……」

「私の日本語が悪かったかしら。そのかくかくしかじかを話せと言ってるんだけど」

「わ、わかった。説明する」

「四十字くらいにまとめてくれると助かるわ。私、あまり気の長い方じゃないから」

そう言ってさらに体を沈み込ませてくる女。二人分の体重を支えるベッドがギシっとスプリングを鳴らす。怖いのもそうだったが、このままいくと別の意味でも危険。もう少しで触れ合いそうな部分とか、すでに触れ合っている部分とか、色々熱くなってしまう。

「椿木《つばき》さん、昨日は駅前で変なやつらにナンパされてて、困ってたから、その……」

「まさか、あんたがそいつら追い払ったって言うの？」

「文句あるか」

「ふぅん。そう。そういうことだったのね」

「あ、ああ」

「……」

「えーっと……以上、というか。もう話せることはないんだけど」

「…………………………………………………………（見つめ合うこと、十秒）」

「せめて何か喋《しゃべ》れ⁉」

　まんま犯される直前みたいな体勢の男を前に（下に？）彼女の中で見極め的な作業が終わったのだろうか。サラサラの髪が天馬《てんま》の鼻先をかすめ、凛華《りんか》は床に降り立つ。そのまま傍《そば》に置いてあった丸椅子に腰かけ、尊大に脚を組みかわした。言うまでもなく美脚。

　命拾いしたぜ、と。天馬《てんま》は安堵《あんど》しながら上半身を起こすのだが。

「ありがとね」

「は？」

　空耳にしてはあまりに明瞭だったその言葉には、てんで理解が及ばす。真意を求め視線で問いかけてみれば、何驚いてんのよと鼻で笑い返されてしまう。

「麗良《れいら》を守ってくれて。助けてくれて」

「え……あ、ああ、うん」

「そんな度胸あったんだ。ヘタレにしか見えないのに」

「自分でも驚いてるよ」

茶化してくるのは確かだが、本音で感謝しているらしかった。悪いことをしたわけではなかったのだ。ここにきてようやく報われた気がして。けれどそれが凜華《りんか》のおかげでもたらされたと思うと、むずかゆいというか、奇妙なもどかしさに駆られる。

いわゆるギャップ萌《も》えの魔力に他ならない。感謝すればお礼を言うし、悪かったと思えば謝る。普通の人間が普通にやっていることさえも、氷の女が主体になるだけで彩《いろど》りを変えてしまう。卑怯《ひきょう》にもほどがある。

「そ……それより。椿木《つばき》さんっていつもあんな感じなのか？」

「あんな感じ？」

「惚《ほ》れっぽいにもほどがないか。ほら、たった一回助けてもらったくらいであれだろ？」

「ああ。そういうことには免疫ないんだから、しょうがないでしょ」

「免疫って……男に対しての？」

こくりと頷《うなず》かれるが、それはさすがに変だろう。あの容姿と性格だ、今までも言い寄る男は星の数ほどいたに違いない。耐性ならいくらでも身に付いていそうだ。

「中学までは女子校だったとか？」

「違う。あの娘《こ》に近寄る愚図共は私が尽《ことごと》く駆逐してきたから、縁がなかったってだけ」

「Ｏｈ……」

思わず米国風の感嘆。ここは本当に法治国家なのか疑いたくなる発言を、さらりとされてしまい。クレイジーサイコなんたらというスラングが頭をよぎる。

天馬《てんま》の思考を読み取ったのか「ちょっ！」心外そうに眉を上げる女。

「何か勘違いをしているみたいだけど、私も男だからって無差別に粛清してきたわけじゃないのよ？」

その理論は結局、殺し屋とシリアルキラーの違いに思えて仕方ない。選んで殺すのと選ばず殺すの、どちらが偉いか。犯罪なのでどちらも偉くないというのが天馬《てんま》の結論。

「どうしてなのか……あの娘《こ》ってろくでもない男に目を付《つ》けられ易《やす》いのよ。いわゆる女の敵みたいな、吐き気を催す連中ばかりがこぞって寄ってくる」

その理由はわからなくもない。昨日のナンパが典型例。天使すぎる性格ゆえそこに付け込む輩《やから》が多いのだ。光に群がる羽虫が山ほどいたのだろう。

「それと、過激な手段は一回も使ってない……あくまで平和的に、対話で解決」

「平和、ね」

クラス結成初日、奇異の視線をたしなめていた凛華《りんか》が思い出される。あの行動もひとえに麗《れい》良《ら》を保護するためのけん制だったということ。

結果、生まれたのが恋愛温室育ち。降りかかる火の粉を陰で払いのけていたのが凛華《りんか》。これだけ聞けばさながら正義の味方だが、天馬《てんま》にはそこから歪《ゆが》んだ情欲が垣間見《かいまみ》えてしまう。

「さすがに過保護すぎないか、そういうのは」

「……」

たとえ自分の好きが伝わらないからって、他人の好きを邪魔していい理由にはならない。

本音は最大限オブラートに包む。恋愛初心者の天馬《てんま》ですら瞬時に出せる答えを、凛華《りんか》が導き出せないわけもない。彼女自身、そんな正論には気が付いているはずだから。

「私だってわかってるわよ。こんなのおかしいって」

案の定、力なく零《こぼ》した凛華《りんか》は自分の肩を抱きしめる。そうして自分を嫌悪《けんお》するように。それでも生き方を変えられない自分を、どうにか肯定するしかないとでも言いたげに。

「いつか、こういう日が来るんじゃないかってことも。理解してた」

「こういう日って？」

「私以外の誰かに、麗良《れいら》が興味を持つんじゃないかって。先を越されるんじゃないかって」

「……」

「だって、私はスタートラインにすら立っていないんだから。あの娘《こ》に気持ちを伝えるのはおろか、普通に接することすらできない」

「いや、自覚あるなら改善する努力をしろっての」

毎回ぶすっとした顔で塩対応。とても好意を寄せる女性に対しての態度とは思えない。

「あれはさすがに椿木《つばき》さんが気の毒だぞ。もう少しフレンドリーに接したらどうだ？」

「フレンドリー？　私が？」

ふふふ、と。自嘲するように笑って見せた凛華《りんか》。

「冗談きついわね。イメージにそぐわなすぎ。今さらキャラ変更もできないし……そもそも、おかしいでしょ？　私が急にとっつきやすい人間になったりしたらさ」

「そんなのは……」

知らんと言い返したかったが、それ以上に思ってしまったのは。

「……お前、キャラとかイメージを気にしてそういう振る舞いしてたのか？」

唯我独尊。凛華《りんか》の刺々《とげとげ》しい振る舞いも冷ややかな言動も全て天性のものだと思っていて、そこに損得勘定が介在しているなど想像もしなかったのに。

「ハァ？　するに決まってるわよ。気にしない人間なんている？」

「一般的にはそうなんだろうけど……ちょっと幻滅。減点だぞ、そういうの」

好きなアイドルの地声がやけに低かったのを知ったときくらいの、絶妙ながっかり感で非難するのだが、凛華《りんか》は一ミリもダメージを受けた様子はない。

「ええどうぞ。幻滅でも減点でも好きにしてくれてかまわないわよ」

「おい、俺に対するイメージはどうした。キャラ作りなら最後まで貫いてくれよ」

「なら聞くけど。百合《ゆり》バレして、淫乱バレして、くっちゃくちゃになるまで泣いて、自分から半裸になって、パンツ見られて。まだ何か守るべき矜持《きょうじ》が私に残ってる？」

ぐうの音も出ない。気持ちの良い《い》割り切り方だった。

よくよく考えればそもそも、恥や外聞を気にしない性格ならどんな趣味だって公言するはずだし。好きな相手に無愛想な接し方をするようなツンデレにもならない。その意味で、凛華《りんか》は周りの目を人並み以上に気にするタイプなのだろう。

「面倒くさいやつだなーお前って。フラストレーション溜《た》まんないのか？」

思わず忌憚《きたん》のない意見を述べてしまったのが命取り。

「あんたさぁ……」

「おっ⁉」

怖気《おじけ》づいて上体を反らす。無言のまま一瞬で距離を詰めてきた女が、ピンと伸ばした人差し指をナイフ代わりに天馬《てんま》の胸元へ突き立てたのだから。先ほど見せた鮫《さめ》の目とは違い、胡乱《うろん》に細められた瞳が示すのは苛立《いらだ》ち、不満、怒り。負の三点セット。

「生意気。そもそもあんたが余計なことするからややこしくなったんでしょ。この疫病神《やくびょうがみ》め」

「ついさっきのありがとうはどこへ……？」

「うるさい。それはそれ、これはこれなのよ」

凛華《りんか》がいつもの調子を取り戻しかけていたとき。

「あら～？　誰かいるのかしら～？」

ガラガラガラ～。勢いよく引き戸が開け放たれる。

入ってきたのは白衣を身にまとった女性。育休から復帰したばかりの養護教諭は（そのせいかはわからないが）若干ふくよかだった。

「留守にしちゃってごめんなさいね〜……」

生徒の存在を認めた彼女は、フレームのないお洒落《しゃれ》な眼鏡を押し上げた後に。

「……えっ？」

これ以上ないくらい綺麗《きれい》な二度見。ベッドの天馬《てんま》に対して。いや、正確にはその男に尻を突き出しながらにじり寄る美人もセットで。ともすればその体勢は襲い掛かっているように見えたのかもしれないし、キスをする寸前に見えたのかもしれない。

保健室はそういう破廉恥な行為をするための場所じゃありませーん、と。真っ当な指導を口にされる可能性も十分あり得たが。

「お、お邪魔しました〜」

まるっきり見てはいけない何かを目撃した顔で後退《あとずさ》り、廊下に出た彼女はそのままバック走を維持しながら姿を消す。既婚者にもかかわらず初心《うぶ》だったが、問題点は別にある。ここも決して安息の地ではないのだと、彼女は気付かせてくれたのだ。

「やっべ……早く戻らないと」

そもそもかなり怪しい経緯でホームルームを脱け出しているし。二人揃《そろ》っていつまでも帰らなければ、下種《げす》の勘繰りに火を点《つ》けかねない。凛華《りんか》の方もその認識は共有しているだろうと思い、「行くぞ」と小声で促し廊下へ出たのだが。

「……って、おい？　どうした」

振り向けば未《いま》だにベッドの横でじっと動かずにいる女。

「でも……そうね。そうよ、そもそも……」

間が悪いことに、どっぷり思考の沼に沈んでいるようだ。

「こうやって溜《た》め込《こ》んでいるのが悪かったのよ」

「はぁ？　なんだって？」

「抑えすぎたせいで悪い感情が蓄積しちゃったのね……」

ぶつぶつ呟《つぶや》く声に重なりチャイムが響く。ちょうど一時限目が終わったらしい。

「おい、さっさと行くぞー！」

「だったらちゃんと消化しないと。同じ過《あやま》ちを繰り返さないように……」

「たく……」

やはり動く気配はないので、もういい勝手にしろと切り捨てた天馬《てんま》は一人走り出す。

だから知る由《よし》もなかった。

「協力者は、必要よね」

ニヤリと微笑《ほほえ》んだ凛華《りんか》が、悪巧みするように自分の背中を見つめていたことなど。

そうして休み時間にひっそり教室へ戻った天馬《てんま》。

真っ先に駆け寄ってきたのは麗良《れいら》で、気分はどうか、早退した方がいいんじゃないか、私何かご迷惑をおかけしましたか、と。矢継ぎ早に問う彼女は本気で心配している様子。

いたって健康な天馬《てんま》は申し訳ない一心。どう答えたらいいのかわからず後ろ髪を撫《な》でつけるばかりだったのだが。

「申し訳ないけど、麗良《れいら》」

「あ、凛華《りんか》ちゃんもお帰りなさい」

「彼、まだ少し調子が戻らないみたいだから……そっとしておいてあげてくれる？」

「そ、それは大変、失礼しました！」

意外にも、そこへ助け舟を出したのが凛華《りんか》。もっともそれが本心から天馬《てんま》を気遣っての行動かと問われればＮＯ。目の前に立ちふさがった背中からは、是が非でも天馬《てんま》と麗良《れいら》を接触させまいという固い意志が、極道の刺青《いれずみ》のようにくっきり浮き出ていた。

さすがは十年来のボディガード。麗良《れいら》に男が寄り付かないわけだと天馬《てんま》は納得していたのだが、事情を知らないクラスメイトからすれば不可解の一言に尽きただろう。

思えばこのときから、あるいはずっと前から、平穏な学園生活が崩壊する兆《きざ》しは現れていたのかもしれない。それでも天馬《てんま》は一切合切を無視。全力で見ないふりをしていた。

大丈夫、明日は土曜で面倒な補講もない。二日も休めば世界は元通りになるはずだ、と。

それが儚《はかな》い希望だということを、心のどこかで知りながら。

△

カーテンを開け放てば、さんさんと輝く太陽に雲一つない青空。

「いい朝だな……うん」

柄にもなくそんなことを呟《つぶや》いてしまうほど気持ちのいい目覚めだった。

怒濤《どとう》の一週間を終えた休日。リア充的な発想ならばショッピングにでも出かける流れだろうが、溜《た》まっている洗濯物を干すのに絶好と考える生粋のリアリストが天馬《てんま》。

まずは顔を洗ってそのあとに朝食だが、献立はどうするか。確か冷蔵庫にあったのは……と頭の中で段取りを組み立てつつ、寝巻のまま部屋を出る。肩甲骨《けんこうこつ》をストレッチしながら階段を下りるのだが、残念ながらすんなり洗面所へ向かうことは許されなかった。

「うおえ〜おえ〜おえ〜おえ〜……」

あまりに耳障《みみざわ》りなそれは、生きた人間から発せられたものとは到底思えない。水責めを受ける地獄の亡者《もうじゃ》がうめき声を上げるとしたら、こんな音になるのでは。

放置するわけにもいかず、発生源をたどって玄関までやってきたところ「うっ」思わず手の甲を鼻に押し当てる。天馬《てんま》を迎えたのはむせ返るようなアルコール臭、そして。

「こいつは……たく」

スーツの女が一人。顔面をフローリングに押しつける形でぶっ倒れており、おえ、おえっ、と。中年のおっさんみたいなえずき方をしていた。

玄関口で無惨《むざん》に転がるピンヒールから察するに、帰宅して鍵を閉め、靴を脱いで上がるまでは良かったものの、一メートルも進む前に力尽きてこのざまなのだろう。

「こんなとこで寝てると邪魔だからさっさと起きようなー」

一応の気遣いだけして反転、淀《よど》んだ臭気から早急に離脱しようとしたのだが、

「うう〜！　ひどい！」

ゾンビのように伸ばされた手で足首をつかまれたため、そうもいかなかった。

「ひどい、ひどい、ひどいよ、天馬《てんま》！」

女はストッキングに包まれた脚で全力のバタ足。天馬《てんま》の口からは重いため息が零《こぼ》れた。

「……何が？」

「朝起きたら実の姉が倒れてあえいでるってのにどうしてそんな冷静なのぉ」

「だってもう二十回は見せられてるしな、この光景」

「薄情者ぉー！　もっと驚けリアクション取れ人工呼吸とかしろ！」

「初犯のときはちゃんと驚いて救急車まで呼んであげただろうが！」

ぐるん、と。床で寝返りを打った変人は仰向けポーズに移行。だらしなく着崩されたシャツ

の間からは膨らんだ肌が露《あら》わになっている。顔立ちは幼く高校生くらいにしか見えないため、濃紺のジャケットにタイトスカートは全く様になっていない。こんな場所でじたばたするから元々ボリュームのある髪は爆発、化粧もボロボロで悲惨の一言。ファンデーションの擦《なす》り付けられた床を掃除するのが自分だと考えたら、天馬《てんま》は頭が痛くなってきた。

「また朝帰りだったのかよ……」

「そうよぉ、じゃなかったらこんな風にならな……うっぷ」

瞬間、女の顔が青ざめる。「おい頼むからここでは吐くな！」悲痛の叫びに対し、「大丈夫、だいじょ……うぶっ！」全く大丈夫じゃない様子で返す彼女こそ天馬《てんま》の姉、矢代渚《やしろなぎさ》だった。見た目こそ似ていないがきちんと血もつながっている。

呂律《ろれつ》の回らない喋《しゃべ》り方《かた》で痴態をさらしてはいるものの、別にお水系の商売をしているわけではなく、ごく一般的なＯＬ。終電退社を強いられるようなブラックでもない。

「ああー頭にくる。どうして？　どうして私のことは誰もお持ち帰りしないのよ」

「いつもの……合コンで取り残されて朝までやけ酒パターンか」

「飲まなきゃやってらんないでしょうよそりゃ」

こうして本人も述べているように、仕事よりも男漁《おとこあさ》りを優先するちょっとアレなタイプの人間だ。ヤ○マンとかビ○チとか人は呼ぶのかもしれないが、事実だから仕方ない。

「ほんっと見る目のない愚図しかいないんだから。やんなっちゃう」

吐き気の山（？）を一通り越えて復活したのか、もっさり立ち上がった渚《なぎさ》の中では昨夜の怒りが再燃しているらしい。

「持ち帰りのハードルはどう考えても私が一番低いだろうに、どうして……」

「そういうがっつきすぎて尻軽なところが敬遠される理由だと思うけど」

「あのね、まだ下の皮も剝《む》けてない天馬《てんま》にはわからないだろうけど、恋は戦争なのよ。野獣のような女から先に勝利を勝ち取れるわけで……」

「わかった、わかったから。愚痴の続きを弟に聞かせるのは遠慮してくれ」

爽やかな一日の始まりを台無しにされた気分だったが、そんな機微を目の前の女が理解できるとも思えないので黙殺。

呪うならこの姉の下に弟として生まれてしまった運命を、だろう。


父親が仕事の関係でアメリカ赴任になったのがひと月前。

「パパを一人にするのは可哀《かわい》そうだからね、うふふ、お母さんもついていくわ」

とかそれらしい理由をつけてはいたが、ウキウキで渡米の準備を進める母はどう見ても長期の海外滞在を楽しむ気満々だった。そんなわけで自堕落な姉（二十四歳）と二人暮らしを余儀なくされる現在。

簡単な料理なら普段からしていたし、今どき掃除も洗濯も高性能家電のおかげでさして負担にならない。天馬《てんま》としてもネグレクトは許さんと不平をぶちまける気は起きず、割かし気持ちよく両親を送り出した。

ただ一つ、出立の日に母が口にした「いざとなったらお姉ちゃんがいるし平気よね」という台詞《せりふ》だけはどうにも呑《の》み込《こ》めず、今でも抜けない小骨となって喉に刺さり続けている。

「あー、さっぱり」

ソファに座りながら見遣《みや》れば、ほくほく顔の渚《なぎさ》が頭に薄い湯気をまとっていた。朝食をとっくに食べ終えた天馬《てんま》はワイドショーをBGMにくつろいでいたのだが、

「またそんな格好で……」

欲《ほっ》していないサービスショットにげっそり。上はへそが見えるタイプの短いタンクトップ、下は派手なレースの黒いパンツが丸出し。こんな感じの妙に気合の入ったデザインのアンダーしか所持していないのが渚《なぎさ》だった。常に臨戦態勢だからとは本人談。

「いいじゃん。誰もいないんだから」

当人は気に留める様子もなく、冷えたエビアンを一気飲み。裸族にならないだけましかという妥協がよぎり、自分もかなり毒されてしまっているなと反省。

「ふぅ。酔いが抜けたらなんかお腹《なか》減ってきたわね。天馬《てんま》〜、お姉ちゃんはトーストにスクランブルエッグをご所望だぞ〜？」

「だぞ、って……」

ずん、両肩に手を乗せられる。振り向けば期待に満ち溢《あふ》れたニンマリ顔。

「そんなのレンジに食パンぶち込んで、フライパンで卵炒《いた》めるだけなんだから、自分でやりなよ」

「トーストはそうだけどスクランブルエッグは天馬《てんま》の方が上手に焼けるでしょ?」

「だからって……」

「食べたーい!　ホテルの朝食みたいなふわふわ卵、食べたい!」

頑として動かないつもりの天馬《てんま》だったが、激しく体を揺さぶられ、

「おねがーい!　夜は私が作るから。ね?」

急にしおらしくなる始末。女性誌に載っていた男落としのテクを虚《むな》しくも弟相手に実践しているのだろう。これが合コンでは全く通用しない辺り気の毒にもなってくる。

「……ハァ。しょうがないなぁ」

重い腰を上げた天馬《てんま》は「優しい、だから好きー」飛んでくるおべっかを「はいはい」と受け流しながらキッチンへ向かう。冷蔵庫からLサイズの卵を二個取り出し、淀《よど》みなく割って塩こしょうを振りかけ、いざかき混ぜようとしたくらいのとき。

ピンポーン、とチャイムの音。タイミング悪く来客らしい。

「姉さん、代わりに」

出てくれと言いかけたが、オーブンレンジにパンをセットしている女の服装を再確認して続

きを呑《の》み込《こ》む。せめてここに短パン一枚でも追加すれば、ギリ、本当にギリ、宅配便のサインを書く程度はこなせたろうが、黒パン全開ではその域にも達していない。

仕方なしにいったん菜箸とボウルを手放す。誰かの訪問予定はないので、可能性としては宅配便の類《たぐい》か、新聞や光回線の営業もとい押し売り、思いつくのはそのくらい。

小走りで玄関までやってきた天馬《てんま》は適当な靴をつっかけ、

「はいはい……どちら様でしょうかぁ？」

何の警戒心もなくドアを開け放っていた。

「…………」

そして、絶句。あまりに長すぎる思考の幕間《まくあい》が訪れる。

そこに立っていたのは背広姿の営業マンでも、キャップをかぶった宅配業者でもなく。

目に映るのは、うら若き女性。それもとんでもない美人だった。漆塗りの高級家具みたいに光る長い髪。東洋人離れした大きな瞳。引き締まって均整の取れた肢体。

しかし、しかし、だ。今重視されるべきはそこではない。

「は？」

その、どこか別世界から顕現したようにさえ思える存在をたっぷり十秒はねめつけてから、ようやく困惑の声を発した天馬《てんま》に対し。

「おはよう、矢代《やしろ》」

動じることなく笑顔を咲かせる女は、皇凛華《すめらぎりんか》だった。脳に靄《もや》がかかり、白昼夢でも見せられている気分になる。もともと高くない天馬《てんま》の知能レベルは一段と低下していき、

——あれ、そういえばこいつ教室で見るときと雰囲気違わない？

果てしなくどうでもいい違和感の解決に乗り出す。答えは簡単で凛華《りんか》が私服だったから。肩が大胆に露出したブラウスは優美な色気を感じさせる。下はスキニーのデニム。くるぶしがはっきり見えるくらいの丈で、踵《かかと》の高いサンダルを履《は》いていた。女性にしてはちょっとごついめのベルトを巻いているのが良いアクセントになっており、総評としてセンスの塊。黒髪は普段と違い一つに結われている。

『今年の春一推しのカジュアルコーデはこれ！』と銘打ってまんまファッション誌の見開きページを飾りそうな風体に、天馬《てんま》はよっぽど混迷を極めたのだろう。

「ここは渋谷《しぶや》じゃないけど？」

自分でもよくわからない感想が漏れる。

「しぶ……ごめん、どういう意味？」

「なんだその無駄に気合の入った格好は」

「この程度で何を大げさに…………まぁ、あんたほどじゃないけど」

「え？」

途端に凛華《りんか》の視線を強く感じ、「はっ！」自身の体へ目を落とす。

一見して何がモチーフかもわからない、不細工なご当地ゆるキャラがプリントされた糞《くそ》ダサTシャツ。ママ友同士の懇親旅行で母が買ってきたものだが、実用性皆無だったためこうしてパジャマ代わりに着用しているのだ。

「じ、ジロジロ見るなよ！」

天馬《てんま》は生娘のような声で我が身を覆い隠すポーズなのだが、「別に見たくもないわよ」と吐き捨てる凛華《りんか》は最高潮に白けた表情をしていた。

「お前いったい何の目的で……いや、そもそもどうして俺の家なんて知ってる⁉」

「あんたの友達に聞いたわ。いつもニコニコしてる……速水《はやみ》くんだっけ？」

「颯太《そうた》に？　それで……まさか、聞かれたあいつはあっさり答えたってのかよ？」

「ええ。矢代《やしろ》くんと是非とも親交を深めたいのって頼んだら、快く」

「あの優男は！」

ナイスアシストを決めたとでも言いたげに親指を立てる颯太《そうた》が目に浮かぶ。

「つーか、なんだぁ？　なんなんだ⁉」

謎が謎を呼んで収拾がつかない。目眩《めまい》に似た感覚を覚える。

「お前みたいな女が俺の周りを嗅ぎまわって、住所までつきとめて、ドッキリお宅訪問を決行して。どう転んだらこんな展開になる、オイ？」

はいはいはい、と。煩わしそうに片目を閉じた凛華《りんか》は、

「お望み通り説明してあげるから……ねえ、とりあえず中に入れてもらえる？」

　手にしていたバッグ（ＬとＶのマーク）を、今までそんな素振り見せなかったくせに、重たそうに持ち上げて見せる。ヒールを履いた足をもじもじさせるおまけ付きで、まるっきり「歩き疲れちゃった」と匂わせていた。

「長くなるから。立ち話もなんでしょ？」

「ぬぅ……偉そうにぃ」

　アポなしの人間がする態度ではない。どうしたものかと手をこまねいていたら、

「て〜ん〜まぁ〜。何やってんの〜？」

　背後から苛立《いらだ》ちの混じった声。そういえば、朝食を作らされている最中だった。姉が人様に見せられない服装だったからこそ今ここに自分がいることも、ついでに思い出す。

「ちょ、来ないで姉さん！」

　慌てて叫んだが、時すでに遅し。不服そうに頬を膨らませる渚《なぎさ》はすぐ後ろにいた。嗚呼《ああ》、常在戦場の下着が世間の目に、あまつさえ同級生に晒《さら》されてしまうなんて。

　愕然《がくぜん》としたのは数秒。よく見れば姉の下半身には先ほどまでなかった短パンが装着、恥部をしっかり隠していた。この人にもまだ常識のかけらが残っていたらしい。

「早くスクランブル炒《いた》めてよ。パンはとっくに焼け……って、って……え？」

　眠たげだった渚《なぎさ》の目がにわかに見開かれる。かと思えばただ一言、「渋谷《しぶや》？」とだけ呟《つぶや》いた

っきり硬直。さすがは姉弟《きょうだい》、発想が完全に同レベルなのが悲しかった。

天馬《てんま》を挟んで女二人の視線が交わる。沈黙に耐え切れず、あの、とか。これはですね、とか。定まらない言葉を発しようとしたのだが、それより早く。

「どうもはじめまして」

慇懃《いんぎん》なお辞儀をした凛華《りんか》。目測四十五度の最敬礼。その時点で天馬《てんま》は驚愕《きょうがく》だったが、まだ終わらない。顔を上げた彼女はなんと薄《うつす》ら微笑《ほほえ》んでおり。

「天馬《てんま》くんのお姉さんでしょうか？　私、二年になってから同じクラスになりました、皇凛《すめらぎりん》華《か》という者で、天馬《てんま》くんにはいつもお世話になっております。これ、つまらないものですが」

流れるような口上、おもむろに何か差し出す。のし紙に『粗品』と筆書きされているとわかった途端、天馬《てんま》は激しい悪寒《おかん》でブルブル体を震わせる。

くん、って。天馬《てんま》くん、って。お世話になっています、って。粗品、って。猫だ。借りてきた猫の神がまさしく今、目の前に権現《ごんげん》。

「ご丁寧にどうも……」

臆しながらも包みを受け取った渚《なぎさ》は珍しく真面目腐った顔。そして、

「……ちょっと天馬《てんま》ぁ！」

ぐるん、音が鳴りそうな勢いで渚《なぎさ》が首を回したのもつかの間、天馬《てんま》の肩に無理やり腕をかけ「痛い、痛いって！」凛華《りんか》から距離を取るようにズルズル引きずった。

「なによ、あのエッッッッッッッッッロい女の子は！」

「スタイルいいとか美人とか、もっと一般的な表現は出てこないの？」

「エロ以外の何物でもないでしょ。いつの間にあんな娘《こ》と付き合ってたのよ」

「付き合えるわけないだろ……俺みたいな甲斐性無《かいしょうな》しが、あんなハイスペック女と」

「でぇもぉ、少なくとも家に呼ぶくらいの仲ではあるんでしょ？　脈ありじゃない、グッジョブグッジョブ。我が弟ながらやるようになったわね。くぅ〜〜〜！」

なぜビールを一気に呷《あお》ったみたいな声を上げるのか。弟ながら一切わからない。

「いや、呼びもしないのに突然やってきやがったんだよ、あいつ」

「ハァー!?」

もはや興奮のメーターが振り切れてしまったらしい渚《なぎさ》は、リアルに目玉が飛び出るんじゃないかと思えるほどまぶたを引《ひ》ん剝《む》く。

「じゃ、じゃじゃじゃあ、何？　約束もなくいきなり向こうから押しかけてきたわけ？」

「そうだよその通り、だからこっちも驚いて……」

「なおさらすごいじゃないの！　脈ありどころかもう本番二回はオッケーのサインよそれ」

「肉食系の歪《ゆが》んだ基準を当てはめるのはやめてくれ」

「ばっか、いい？　男の家に行く前に『変なことしないでね』とか言って予防線張ったような気でいる女がよくいるけど、本当に変なことされたくないならそもそも論として家に行かなき

ゃいいんだから、ね？　つまり男という野獣の住処《すみか》に自ら足を踏み入れた時点でその女はすでに捕食される覚悟があると同義で、然《しか》るに、けだし……」

汚物のような持論を臆面もなく語ってくるのだから、天馬《てんま》は唖然《あぜん》を通り越して魂を抜かれたように遠くを見つめていた。

「はっ、ぐずぐずしてちゃいけない！　カモがネギしょって現れたんだから確保、確保……」

失礼極まりない発言をした渚《なぎさ》が、詐欺師まがいの営業スマイルに早変わり。

「皇《すめらぎ》さーん？　待たせてごめんなさいねぇ」

揺らめくように凛華《りんか》へ駆け寄る。そのまま招き入れるだけならまだ許容範囲だったが、

「さささ、どうぞ上がって。あ、天馬《てんま》の部屋はこっちこっち、階段上ってすぐのところ……」

迷うことなく天馬《てんま》の部屋へ誘導。凛華《りんか》も当然とばかりに従っており、もう何がなんだか。思索を巡らせるのも無駄だと諦めた天馬《てんま》は、その光景を見守るしかできなかった。

△

「意外と綺麗《きれい》にしてるのね」

「こまめに掃除してるからな」

「いい心掛けじゃない。褒めてあげる」

「そりゃどうも」

無機質に受け答えしていた。そうすることでなんとか正気を保っているように思えた。黙っているとネガティブな発想が無限に湧いてくる。

凛華《りんか》が座っているのは天馬《てんま》のベッド。そこに持ち主以外、ましてや女子、畏れ多くも美少女が体重を預けるなど、いやしくも過去に一度もなく。部屋の主《あるじ》は間違いなく天馬《てんま》なのに、なぜか自分の居場所はここにはない気がして、入ってすぐの位置で棒立ちする現在。

そういえば、スクランブルエッグをまだ作っていなかった。律儀《りちぎ》にその約束を果たそうとしている理由は、一種の逃避。卵を炒《いた》めて戻る頃には凛華《りんか》の姿は跡形もなく「あれは全て悪い夢だったのか」と万事が収まる。そんなとんでも展開を望むほど衰弱していた。

「姉の飯を作ってくるから、少し待ってろな」

いつまで突っ立っているんだと言いたげな凛華《りんか》に告げてから、踵《きびす》を返そうとしたのだが。

「あ、ちょっと。飯ってもしや、さっきちらっと言ってたスクランブルエッグ？」

「ご名答」

「ふぅん。そう。そうなんだ〜」

「はぁん？」

呼び止めたのは自分のくせして、興味があるのかないのかもよくわからず。そのまま顎を突き上げる謎めいたポーズを取ったのだから、ますます意味がわからない。

「……なんだよ？」

「ちなみに私、今日は起きてから何も食べていないの」

「え？」

「ちょうど今は、俗に言うお腹《なか》がペコペコの状態ね」

「……」だからなんだ。何が言いたい。

続きを待ってみたが、凛華《りんか》の口からそれ以上の何かが発せられることはない。

代わりに答えを返したのは、純真無垢《むく》な子供の瞳。穢《けが》れとは無縁の輝きで、ただひたすらに熱視線を捧《ささ》げてくるばかり。目は口ほどに物を言うとはまさにこのことだった。

どこまでも強《したた》かな女。その生き様に根負けしたわけでは、決してない。天馬《てんま》は元来、平和主義者なのだ。こんなどうでもいい部分でいさかいが生じるのは馬鹿らしかったため、

「パンと卵とコーヒーでよろしいですか、お嬢様？」

ため息まじりにお伺いを立てる。ここでローストビーフのヨークシャープディング添えでも要求されたらそれはそれで困るのだが。

「うん。ありがとう」

幸いにも、無茶振りのかぐや姫が現れるようなことはなく。

「少々お待ちくださいませ」

そんな風にお礼を言うことができるのなら、初めから素直に頼めばいいじゃないか、と。

いっそ言ってやりたいくらいだったが、清々《すがすが》しい笑顔に免じてチャラにした。


食器を洗い終え戻ってみたが、現実は非情、凛華《りんか》が消滅していることなどもちろんない。むしろより一層、部屋に馴染《なじ》んでいる気がした。

「ごちそうさま。とても美味《おい》しかったわ」

「はいはい。お粗末お粗末」

仕方なく座布団《ざぶとん》の上であぐらをかいて、ベッドに腰かけた女を正面に見据える。

「その位置だと女子のパンツが見たくて仕方ない変態に思われるわよ」

「今のお前はスカートじゃないんだからそんな説は成り立たないんだよ！」

「的確な反論ね」

わざとらしく笑って見せる女を恨みがましく睨《にら》む。地の利は天馬《てんま》にあるはずなのにペースを乱されてばかり。階段を上る途中、「テレビ、音量大きくして見てるからどうぞごゆっくり。むふふ」とか意味深な言葉をかけてきた渚《なぎさ》のせいもある。

「で……だ。そろそろ話せよ、何が目的か」

それこそ渋谷《しぶや》の繁華街を歩いていたらスカウトされそうな女子高生が、なぜここに。

料理という作業はなかなか頭の中を整理するのに適しているらしく、自《おの》ずと心の準備はできていた。どんな爆弾発言が飛び出そうとも平静を保てるよう、身構えるのだが。

「私、麗良《れいら》に告白しようと思っているの」

「……」

ヌンチャクで後頭部を殴られた気分。思いもしなかった攻撃にガードは崩れ去る。

「私、麗良《れいら》に告白するわ」

聞き返してもいないのにリピート。理解の遠く及ばない天馬《てんま》に、それでも無理やり呑《の》み込《こ》むことを促すように。おまけに何か固い信念、必ずやり遂げるという強い意志が彼女の瞳にはこもっており。天馬《てんま》にできたことは所詮「……そうか」の一言を絞り出す程度。しかしそれだけでは味気なかったのか、凛華《りんか》は続きの言葉を欲《ほっ》している様子。

「あー、うん……するのか。椿木《つばき》さんに、告白。いいんじゃないかなぁ？」

したけりゃ勝手にしてくれというのが正直な気持ちだが、キレられても嫌なのでマイルドに変換。それが功を奏したのか凛華《りんか》はパッと明るくなる。

「あなたに言われたおかげで決心がついたのよ。ほら、スタートラインに立つって話」

「ああ……そりゃ良かった」

「ちゃんと計画も考えてあってね。あなたの役割も」

「け……計画？　役割？」

「うん。初めにやってほしいのは……」

「ちょ……待て、待て待て！」

至極当然に話を遮った天馬《てんま》を「ん？」なぜか凜華《りんか》は不思議そうに見つめ返し。どこから突っ込めばいいのやら、たたらを踏まされる。

「疑問があるなら早く言いなさいよ。答えてあげるから」

「……あー、そうか。なら教えてくれよ」

この際開き直り、全てをぶちまけることにした。

「女友達相手に告白するだなんて死に急ぐような決心をなぜかお前はしていて、それを俺みたいな無関係の男になぜかカミングアウトしていて、協力するのが前提でなぜか話は進んでいて……そしてぇ！　最後のこれが一番の謎だが！」

突き出した指先を向けるのは、脚を組んでベッドに腰かけている女。

「男の部屋に上がり込んで二人きりだというのに恥じらいひとつ見せることなく、どうしてそんなにも堂々としていられるんだお前は！」

「ハジライ？　恥じらいって……ねえ、なんとも思ってない男の部屋に上がるだけで、なんで私がいちいちそんな感情を抱かないといけないの？」

「それにしたって普通もっと緊張とかするもので……」

「あんたの普通基準を他人にまで押しつけないでくれる？」

「むっ……」

「それと、よ」

天馬《てんま》の不満をピシャリと撥《は》ね除《の》けるように人差し指を立てる凛華《りんか》。

「なんで自分にカミングアウトしてるんだってあんたは言うけど。そもそも私の恋心を知っているのは例の日記を盗み見たどっかの誰かさんしかいないんだから、そいつ以外に相談相手はいないじゃない。違う？」

「……違わないが」

「さらに、よ。なんで協力するのが前提なのかってあんたは言うけど。なんでもしますって頼みもしないのにほざいたのはそっちじゃない。違う？」

「……仰《おつしや》る通《とお》りでありますが」

「オッケー。他に質問は？」

これで全て解決と言わんばかり。態度こそ図々《ずうずう》しいものの、今のやりとりで天馬《てんま》の疑問にすっかり答えてしまったのだから、要領の良さがうかがい知れる。

「どうしたらそんな図太い性格になれるんだ？」

完全な当《あ》て擦《こす》りで放たれたそれに、凛華《りんか》は腹を立てることもなく。

「愛を知ることね。やっぱり」

「絶対テキトーに言ってるだろ」

「大真面目よ。つまり運命共同体ね、私たち」

「別に俺の運命はかかってない」

「それくらいの気持ちで頑張りましょうってこと」

「あっそ」

後悔はないのに嘆息が漏れる。天馬《てんま》が力を貸したいと思ったのは泣き崩れて床にのの字を書いていた凛華《りんか》であり、ウザいくらいに生き生きしている今の彼女ではない。

だが、そんな虫の良い事情を盾にできるほど神経が太くなかった。

「じゃ、そろそろ本題に入《い》らせてもらうわね。私が画策した『椿木《つばき》麗良《れいら》に告白しよう大作戦』の概要、いえ、その全容を」

なんのひねりもないネーミングだったが、皮肉を言ったところでカウンターを食《く》らいそうなので黙っておく。

「あなた、さっき言ったわね。麗良《れいら》に告白することを指して『死に急ぐような決心』って。それについては私も同意見。勇気と蛮勇を履き違えてはいけない」

「現時点では無謀と言うんじゃないかな、おそらく」

ただの友達としか思っていない相手、それも同性からの告白。結果はわかりきっている。

「そうね。だからまずは『友人』というカテゴリーから脱却する必要があるの。友達以上、恋人未満までの関係に持っていければ最高」

「あっさり言うなよ。それが最難関だろ」

「だからこそ第三者の協力が必要なんじゃない」

したためた論文を発表するように鼻を高くする女。

「いい？　麗良《れいら》が私を意識するように、学校でサポートして欲しいの。あ、私のキャラやイメージを崩さない程度に、あくまで自然に、それとなくね」

要するに、天馬《てんま》にキューピッド役を担《にな》わせるつもりなのだ。人選ミスも甚だしい。

「そんな器用な真似《まね》できるんなら俺は婚活プランナーに就職して将来安泰だ」

「だいじょーぶ。腹立たしい……本当に不愉快な事実ではあるんだけど、どうやらあの娘《こ》、あなたに人並み以上の興味を持っているみたいだし」

それを利用しない手はない、と。一応その弁は理にかなっている。

「作戦は、こうよ。『一緒にお弁当食べましょ～』とか誘いをかけてくる麗良《れいら》に、あなたは言うの。『ぼく一人じゃ椿木《つばき》さんの相手は務まらないよ～。そうだ、皇《すめらぎ》さんも来てくれる？』ってな具合にね。こうすれば私は仕方なく巻き込まれた形だから、キャラ崩壊も起きない」

天馬《てんま》の台詞《せりふ》がすでにキャラ崩壊している点は、台本を書き換えるとしても。

「それだと三人一緒に仲良く弁当を食う羽目になるけど……いいのか？」

「もちろん良くないから、あなたは途中でさりげなく席を外す。持病の腹痛とか、他の友達に呼ばれたとか、適当に理由をつけていなくなるの。そうすれば、どう？」

「お前と椿木《つばき》さんが二人きりになる」

「はい、その通り、ね、簡単でしょ？」

「簡単、ではあるかもしれないけど……」

随分、回りくどい。この作戦、本当に第三者の介入は必要なのか。

「これを繰り返せば確実に、私と麗良《れいら》は……むふふ。そうして最終的には……くっふっふ」

よからぬ妄想を繰り広げているらしい女は視線を斜め上に固定。せっかくの美人が台無しになるくらいのアホ面《づら》を披露していた。精神状態が本気で心配になってくるが、今さら矯正できそうもなかったため。

「この際だから、建設的な意見ってやつを言わせてもらうぞ」

「ん！　いいわね。どんどんちょうだい、そういうの」

「これ、いちいち俺を挟まずに直《ちょく》で椿木《つばき》さんと仲良くすればいいだけの話じゃないか？」

「だから、それは無理なのよ。散々話したでしょ、守るべきキャラってものが私には……」

「……あのなぁ」

軽く頭痛がしてきた。まさしく恋は盲目、知能指数が極端に下がっている凛華《りんか》は、恋愛不適合者の天馬《てんま》ですら容易《たやす》く見抜ける欠陥に気付いていない。

「お前ちょっと、危機感足りなすぎるんじゃないのか」

「ききかん？」

「自分でも言ってたろーが。誰かに先を越されるのがずっと怖かったって」

むしろ今までそうならなかったのが奇跡。悪い虫をブロックするのにも限界がある。

「言っとくが、椿木《つばき》さんと付き合いたがってる男なんて、この世にはごまんといるんだ。うかうかしてたらイケメンの一人や二人すぐに現れて、かっさらっていくぞ？」

「だ、駄目よぉ！　ダメダメ、そんなの絶対に！　どこの馬の骨ともわからない男に！」

けしかける意味で言ったのだが、予想以上に効いたらしく。

「どうしてだよ」

「だ、だって……誰も真の意味で麗良《れいら》を理解していないんだから。あの娘《こ》の綺麗《きれい》な部分しか見ようとしない。何をされても全部その優しさで許してくれるって。そう思い込んでる人間ばかり。本当はすごく繊細で、傷付きやすい存在なの。だから私が……私じゃなきゃ！」

「おう、よく言った。だったらもっと積極的にアプローチかけないと、だろ」

「それは、そう……よね？」

この点、別に凛華《りんか》は話が通じない相手ではなく。天馬《てんま》の言い分がもっともだと、一応納得はしてくれたらしいのだが。問題はここからだった。

座りが悪そうにお尻をムズムズ動かす女は、いったい何を考えているのやら。壊れたラジオのように「でも、でもっ」とリピートするばかり。

「でも、なんだよ？」

業《ごう》を煮やした天馬《てんま》が催促したところ、露骨に視線を逸《そ》らしながら呟《つぶや》いたのは。

「……この年になって今さら、麗良《れいら》とキャッキャウフフするのとか、恥ずかしいし」

「きゃっきゃうふふ？」

「あ、イチャイチャっていうか、ベタベタすることね。腕を組んだり、抱きついたり」

「……女子ってそういうの結構、普通にやってないか？」

「わ、私も昔は、やってたのよ、そりゃあ？　小学生のときとか……け、けど、そのころはまだ、あの娘《こ》のこと、そこまで特別な感情では見ていなかったし、それに……」

まとまりのない言い訳をグダグダ並べているが。要約すればつまり、好きを意識してしまうと冷静に接するのが難しいというだけ。小心者に他ならない。

「……お前が書いた例の日記には、もっと際《きわ》どい描写もあったはずだが」

「イメトレと実践じゃ次元が違うのよ！　やりたいのは、そりゃ、当然だけど……」

耳は茹《ゆ》で上《あ》がった甲殻類のよう。それを隠すために両サイドの髪を引っ張り、唇はきつく真一文字に結び、視線は落ち着きなく四方に散らし、尿意を堪《こら》えるみたいに腰を揺する。もはや恥じらいの数《かぞ》え役満《やくまん》。

「…………」

——変なやつ。

そんな台詞《せりふ》が出かけた。笑えてきたくらい。だって、本当に変だったから。

皇凛華《すめらぎりんか》といえば誰もが一目置く存在のはずなのに。それが実は人一倍、恋愛面においては奥手で。好きな相手に素直になれないことを悔やんでいる。まるで普通の高校生だ。

そう考えると急に目の前の女が、健気《けなげ》というかいじらしいというか、愛《め》でるべき存在に思えて。思い返せばここが分岐点。いわゆるモチベーションの変化。不意に考えてしまったのだ。

こいつの恋を、どうにかしてやることはできないか、と。

「はぁ……しょうがねえなー、ホントに」

自分では成し得ない夢を、他の誰かへ託すのに似ている。天馬《てんま》自身が当事者になるのは叶《かな》わないけれど。その隣に並び立つならば、あるいは。

今まで一度も見たことがない風景を覗《のぞ》いてみたいと、柄にもなく思ってしまった。

「なによ……情けないやつだとか、思ったんでしょ。どうせ」

「ああ、思ったね。偉そうにしてるけど恋愛クソザコ体質じゃねーか、お前」

「っ……」

「だから連れていってやるよ」

「え？」

天馬《てんま》も腹をくくる他ない。それが最速のルート。これは確かに運命共同体と呼べるのかも。

「俺の力で行けるところまでは、な」

「ね、ねえ。なんか、急にやる気出してるみたいだけど……大丈夫？」

こいつ変なものでも食ったんじゃないかと言いたげな女は「ハッ⁉」やがて何かを閃《ひらめ》き。

「もしかして……私のこと、好きになっちゃったの？」

「……」

すぐにそちらの発想へ結びついてしまう辺り、恋愛脳が忌々《いまいま》しい所以《ゆえん》なのだが。ともすれば天然っぽく見えるそのリアクションからは、凛華《りんか》らしからぬ愛くるしさが垣間見《かいまみ》え。彼女に告白して破れていった先人たちの気持ちを、危うく理解しかけた。

無論、好きになったという意味ではない。断じてない。そもそもタイプからして違う。

「安心しろ。俺はもっとおしとやかな女性が好みだ」

「へぇー……あ、だからってやめなさいよ、麗良《れいら》のこと好きになったりするのは。禁止だからね、そういうの」

「言われるまでもなく、弁《わきま》えてるよ。そんな身分違いの恋なんて、誰が……」

麗良《れいら》は確かに可愛《かわい》くて、真面目で、優しくて、貶《けな》す部分なんて一つもない愛されキャラ。

しかし、彼女の隣を自分が歩く姿はとてもじゃないが想像できない。釣り合わないと表現するのもおこがましいくらい、住む世界が違っているのだ。

「良かったわー。じゃ、そうと決まったら」

ずいっと差し出された手。金品を無心されたときのような不快感は、あながち間違いでもなかったらしく。

「スマホを貸しなさい」

「ナゼェ」

「連絡先を交換するに決まってるでしょ」

「ああ……ったく、言い方ってもんがあるだろ」

不承不承に取り出したスマホ。画面ロックを解除したタイミングで、にゅるりと伸びてきた長い指にからめとられる。もはや抗議する気力もなかった。半目の天馬《てんま》を置いてけぼりに、慣れた手つきで二つのスマホを操作する女は「あっ」思い出したように動きを止める。

「迅速な連携が肝要だから、ルールを決めておきましょう。そうね……電話のコールは三回以内に出ること。メッセージは三分以内に返信、簡潔明瞭にまとめること。いい？」

「一方的な押し付けはルールと呼ばん。単なるパワハラだ」

「もちろん私も守るつもりよ。はーい、完了っ」

ぽいっと投げ返されたスマホ（そうなる予感はしていたので驚かない）をキャッチ。変なところをいじられていないかチェックしてみたところ、別の部分に違和感。

「オイ。なんだこの『ご主人様』とかいう寒い登録名は」

「ああ、カモフラージュよ。表示名を誰かに見られたら内通を疑われるでしょ」

「これだと俺の性癖が疑われるんだが」

「ちなみに私の方は『シロ』で登録してあるから安心して」

「犬だよな。確実に」

かくして天馬《てんま》の人生史上、最も一方的かつ高圧的な連絡先交換が終了。学校の男子たちが聞いたら泣いて羨ましがるだろうに、なぜだろう、嬉《うれ》しさは微塵《みじん》も湧いてこない。

「ったく……じゃあ、今日のところは帰れよ。協力ってのはまあ、できる範囲でするからさ」

「あら、妙に急《せ》かすのね」

座ったままの凛華《りんか》は両足を交互にパタパタ。淡いラメ入りのネイルは落ち着いたブルー。今日のファッションと調和が取れており、純粋に綺麗《きれい》だと思ってしまった。

「こっちにも予定があるんだ」

「溜《た》まってる洗濯物の処理、部屋の掃除、食材の買い出し、料理。それくらいでしょ？」

「大正解。立派な予定だろこのヤロー」

「うんうん。両親が海外赴任でお姉さんと二人暮らしだと、いろいろ大変よね」

「別に苦労アピールするつもりは……って、え」

あまりにスムーズ過ぎてスルーしかけたが、待て。

「俺、言ったっけか。親が海外赴任とか」

「自分の記憶に自信を持ちなさい」

「だよな。じゃあどうして知ってる？」

「大したことじゃないわ。あなたの交友関係は昨日、一通り洗ったから。その過程でね」

「刑事かよ……洗うのは汚れた食器だけにしてくれ」

「ま、お姉さんがだいぶ個性的ってのはさっき知ったけど」

「毒舌のくせして気を遣うなっての……ああ、そうだ、そうだったよ。あの人が汚したフローリングも掃除しなくちゃいけないんだったし。お前はさっさと帰っ……」

痛くなってきた頭をクシャクシャにかき乱しながら、おもむろに立ち上がってドアを開ける。

それはどうやら、想定外の出来事だったらしく。

「あひゃっ」間抜けな声。同時にズデーンと。前のめりになった体が床に転がってきた。

十中八九、扉に耳を押し当てていたのだろう。でなければこんな体勢にはなるまい。

天馬《てんま》の足元、土下座するように這《は》いつくばった女は、然《しか》るべき沈黙を経由したのちにゆっくり顔を上げる。

「……何してるの、姉さん？」

「え、あー、いや。弟の初体験がどんな感じなのか、姉としてはやはり気になってしまい」

ハッハッハッハ、と。開き直っての高笑い。その頭を無性に踏みつけてやりたくなった。

「もお！　ゴミを見るような目をお姉ちゃんに向けるのはNGだぞ、っと！」

ジャンプして立ち上がった渚《なぎさ》は、ずり落ちそうだったタンクトップの肩紐《かたひも》を引っ張り上げ。

「ほらほら、差し入れもちゃんとあるんだからさ」

「差し入れ？」

「そうそう、男の責任的な。エチケット的な。天馬《てんま》のことだからどうせ持ってないでしょ？」

「…………」

「ごめんね。買いに行ってるヒマもなさそうだったから、代わりに使えそうなものを探したんだけど、これしか見つからなくって」

はい、と。にこやかに差し出されたのはサラ○ラップ。受け取った瞬間に投げ捨てた。

「頼むからこれ以上身内の恥を晒《さら》さないでくれ！」

文字通り頭を抱える天馬《てんま》。人生終わったと、真面目に思っていた。誰が見てもドン引きするだろう家族の失態を、潔癖そうな女に目撃されてしまい。

泣く子も凍り付かせる視線で見つめられているのを想像しながら、振り返るのだが。

「ふっ」そこにあったのは真逆の光景。氷を解かさんばかりの暖かな息吹《いぶき》。上品に口元を隠しながら肩を揺らす凛華《りんか》。驚くべきことにそれは嘲笑ではなく。

「楽しいお姉さんがいて、羨ましいわ。家族、仲が良《い》いのね」

訳がわからない。彼女はとてもすっきりした顔をしており。皮肉や当《あ》て擦《こす》り、ましてや猫かぶりでもなく。羨ましい、と。本心からそう思っているように見えてしまったから。

「そうでしょ⁉ そうでしょぉ～‼」

甲高い声を上げながら天馬《てんま》の体を押《お》し退《の》け、渚《なぎさ》がそのまま飛び込むようにすがり付いたのは、ベッドに座る凛華《りんか》の上半身だった。

「こんな風にエロくて優しくてブラコンで、全国の男子高校生が聞いたら泣いて羨ましがるだろう理想の姉がいるっていうのに～！　扱いがひどすぎるのよ、この弟は～！」

「何言ってんだこいつ……」

もはや言葉は不要。鉄拳制裁せんと握り締めた右手を、天馬《てんま》が振り下ろすよりも早く。

「いろいろ苦労なさっているんですね」

渚《なぎさ》の肩にそっと手が添えられる。幼児退行した大人の嘘泣《うそな》き。キレて然《しか》るべき状況に、しかし、理解を示すように穏やかな声をかけた凛華《りんか》。そのせいで余計、調子に乗る女が一人。

「そう、そうなの～。すごく冷たくて、今朝なんて死んだふりしてもぜんぜん驚かないし、愚痴にも付き合ってくれないし、面倒臭そうに足蹴にするし～」

「人様に誤解を招くような話をするな」

引き剝がそうと首根っこを引っ張るのだが、渚《なぎさ》はなかなか離れない。胸の谷間、そこから発するフェロモンを嗅ぎ取るようにグリグリ鼻を擦《こす》りつけていた。実の姉が同級生に、だぞ。悲しみを通り越して虚《むな》しい。凛華《りんか》が大して巨乳じゃない、ひょっとすれば平均値以下のため、あまり煽情的《せんじょうてき》な映像になっていないのが唯一の救いか。

「ぐえッ！」

直後、悶《もだ》える天馬《てんま》。顔面を直撃したのは凛華《りんか》が片手で放り投げた枕。

「なにをする！」

「今、何か失礼なことを考えていたでしょう」

「は、はあ？　根拠もなしに」

「目を見ればわかるのよスケベ」

「しょうがないよ～、天馬《てんま》はムッツリだから～」

「………なあ。お前らまとめて、俺の部屋からいなくなってくれるか？」


その後、なんだかんだで居座った凛華《りんか》は、延々と渚《なぎさ》の愚痴（あるいは下ネタ）に付き合わされていた。世代を超えた女子トークには興味もなかったので我関せず。天馬《てんま》は当初の予定通り家事に勤《いそ》しんでいたわけだが、この選択がまさかの大失敗。

昼過ぎになってリビングへ顔を出せば「凛華《りんか》ちゅわん！」「お姉さま！」と呼び合うくらいには意気投合していた二人。つまり、これこそが凛華《りんか》の狙いだったのだ。


「聞いたわよ天馬《てんま》。あの娘《こ》に何か、重大な頼みごとをされているみたいね」

「え？　まあ……」

「ならば全速全身全力で協力してやりなさい。少しでも手を抜いたら承知しないからね」

「なんでそんなことを姉さんに言われなきゃいけないんだよ」

「なんでも糞《くそ》もないわよ。あんなにエッチで優しくて真面目で心が広くてエッチな女の子はそうそういないんだから、恩を売っておくに越したことはないでしょ、違う？」

「いや、あの……」

「返事はハイかイエスで。わかった？」

「…………はい」

「あと、もうすぐランチだから美味《おい》しい料理を振る舞ってやりなさい。絶対よ？」

将を射るにはまず馬から。不幸にも狙われた駄馬はあっさり陥落しており。

「良《い》いお姉さんね。人生、退屈しないでしょ？」

そんなことを言いながらクスクス笑っている凛華《りんか》が疎《うと》ましい。

学校での冷徹な振る舞いが『キャラ作り』に過ぎないのを、今日一日で嫌というほど思い知らされた。こうして容易《たやす》く人の心に入り込む、調略のような真似事《まねごと》も華麗にこなしてしまうのだから。八面六臂《はちめんろっぴ》という四字熟語を思い浮かべたが、意味は違っていたと思う。

「何やら、姉がお前に飯を作ってやれとうるさいんだが。どうする、食ってくか？」

「それは助かるけど。材料足りるの？」

「炒飯《チャーハン》とかならいくらでも作れるよ」

「でも、さすがに迷惑でしょ」

「散々引《ひ》っ掻《か》き回《まわ》しておいて今さら迷惑もないんだよバカ」

「そう……なら、頂くわ。ありがと」

朝食に続き彼女へランチを振る舞うことになったわけだが、ふと考える。

糖質制限の煽《あお》りを受けて世間から目の敵にされがちな炒飯《チャーハン》を、果たしてプロポーション抜群の女子高生に食べさせてよいものか。体に刻み込まれた動きで卵と白飯を炒《いた》めながら、そんな心配事が頭の中を渦巻いていたが、蓋を開けてみれば全くの杞憂《きゆう》。

美味《おい》しい、美味《おい》しい、と。凛華《りんか》は咀嚼《そしゃく》を終えるごとに絶賛、一合分をあっという間に平らげた。食べたいものを好きに食べることこそが体型維持の秘訣《ひけつ》らしい。

「何のとりえもなさそうに見えて意外にも。矢代《やしろ》って料理が上手だったのね」

「レシピ通りに作ってるだけだ」

「ううん、これだけやれるんならきっと、もし就職に失敗して路頭に迷っても、少なくとも主夫として生きてはいけそう。良かったわね。もちろん相手がいればだけど」

「褒めながらも巧妙に貶《けな》してくるのはやめろ」

住む世界が違う相手と共有する時間、空間。

それはおそらく、とてつもなく新鮮で貴重な経験。教室では余計な言葉を発さない凛華《りんか》だったが、本質では割とお喋《しゃべ》り。他の誰も知らない一面だった。

若干、少しだけだが、ここにきて初めて得をした気分になる。

心の持ちようでいくらでも幸福を作り出せるのは、社会的な動物である人間にのみ与えられた特権なのだろう。

三章　両手に花のパラノイア

自分が他人からどんな風に見えているのか。人間なら誰しも気になるはず。

小学生のときに強制入部させられた野球部。顧問からの評価はこう。

『矢代《やしろ》？　う～ん、そうだな。走攻守どれもそこそこ。すごく良く言えばオールラウンダー。少し悪く言うと器用貧乏にもなりきれない凡才だな。がっはっはっはっ！』

中二のとき、クラスで一番ギャルっぽかったイケイケ女子からの評価はこう。

『矢代《やしろ》くんってチョー覇気ないよねぇ。なんかぁ、何事にも淡々としててぇ、熱くならないっていうかぁ。向上心とか努力って単語が一番似合わないタイプぅ？　ウケル！』

これらは的確だが、一方では的外れでもあるという、複雑な二律背反を秘めている。

平均の評価を下したあの監督は知らないだろう。天馬《てんま》が部活の練習以外でも一人で壁相手にゴロ処理の練習をしていたこととか、陰で素振りをしていたことも。

いつもそうだった。勉強もスポーツも、人の倍やって平均値を上回る程度。向上心や努力が初めからなかったわけではない。日を追うごとに失われていったのだ。

恋愛観についても同様。多感な時期、異性からよく見られたいという欲もそれなりにあったはずだが、そんな意識も徐々に衰退していった。変な期待はしない方が良《い》い。自分には関係ない世界だと割り切っていれば、落ち込むこともないのだと。

そうした自己防衛の末に誕生したのが現在の矢代天馬《やしろてんま》。事程左様に、他人からの評価はその人物の生き方に多大な影響を与えるわけだが。

それが万人に適用される法則だと知ったのはつい最近。下界を生きる俗人にも雲の上に立つ貴族にも、分け隔てなく残酷に降り注ぐ、隕石《いんせき》のようなものだと知ったのは。

△

週明けの月曜。よぼよぼした足取りで学校へ向かう天馬《てんま》は我知らずため息。ここ最近、心が休まった例《ためし》がないように思える。理由を問われれば明々白々。

「ごきげんよう、矢代天馬《やしろてんま》くん」

「……ゲッ」

思い描いた憎き存在がにわかに具現化したものだから、しかめっ面《つら》。

校門をくぐった辺りで天馬《てんま》の隣に付けてきた一人の女。ただ歩くだけでも人目を激しく集めまくる彼女は、背の高さ的にも漏れ出すオーラ的にも抜きん出て異彩を放っている。まじまじ

とその姿を観察してしまった天馬《てんま》に対して、

「こっち見ないで視線は前へ。そのまま何事もなかったように歩きなさい。声は小さく、ね」

一瞥《いちべつ》もくれることのない凛華《りんか》は、己の台詞《せりふ》を体現するように素知らぬ横顔。

ころころ表情を変えていた一昨日《おととい》とはまるで別人。学校用のキャラでガチガチにコーティングされた、感情の希薄なクールビューティーがそこにいた。

「そうすればたまたま歩幅が合っているだけの二人に、周りからは見えるでしょ」

「……へいへい」

完全に麻薬の密売人がやる手口だった。

「よしよし。じゃ、段取りの確認を一応しておこうかしら」

「お前なぁ……」

段取りとは無論、例の告白大作戦を指している。天馬《てんま》、麗良《れいら》、凛華《りんか》。三人一緒になれる状況へと持っていき、その後に天馬《てんま》が姿を消すことによって二人だけの空間を作り上げる。採算を度外視すれば実にシンプルな作戦だった。にもかかわらず。

「昨日から何回、同じ内容を確認させる気だよ？」

交換されたメッセージはすでに百件近く。スクロールするのが面倒なくらい縦に長く伸びていた。異常である。蜜月という表現をはるかに凌《しの》いでいるのは、彼女いない歴が年齢とイコールの天馬《てんま》にさえ容易《たやす》くわかってしまう。

「念には念を、よ。ほら、私って不測の事態がこの世で最も嫌いだから」

物は言いよう。正確には『大の苦手』なのだ。小説を紛失したときのパニック。強請《ゆす》られると思い込んでのストリップ。賢者は歴史に学ぶ。過《あやま》ちを繰り返してはいけない。

「あらゆるパターンに対応できるように入念な下準備をしたいわけ」

「椿木《つばき》さんはロボットじゃないんだ。想定通り動いてくれるとは限らないぞ？」

「大丈夫よ。あの娘《こ》、あれでいて結構、いえ、かなり単純な思考回路をしているから」

「ハイハイ。そこが可愛《かわい》いー、大好きーってんだろ？」

「さすがシロ。主人の気持ちはお見通しね」

「その惚気《のろけ》もう二十回は聞かされてるからな。あと犬じゃねえんだよ」

「ええ？　二十は言いすぎでしょ。多くても十回くらい……」

堂々巡りのやり取りは現実世界でも変わらず。人が通れるくらいの間隔は空けながらも、歩調だけは綺麗《きれい》に合わせる。なんとなく考えた。今のような関係性を一般的には何と呼ぶのか。

ただの知り合いではなく、仲の良《い》い友人とも呼びにくい。

任務遂行のため一時的に結託したそれに、ぴったりの呼び名を見つけてしまい満足。

――共犯者、だな。

総括するならばこの日、二人は横並びで昇降口へ向かったのだ。

小声で話しつつも視線は決して合わさず。間には常に一定の距離を保ちながら。

それで見知らぬ人を装《よそお》っているつもりだった。実際、時間を一週間ほど巻き戻したとすればそのカモフラージュは十分に有効だったろう。しかし現在、それを許さない多くのファクターが存在していることを、彼らは失念していた。

平たく言えば、油断大敵だった。

「おい、アレが噂《うわさ》の……」

「ああ。矢代天馬《やしろてんま》だ」

「誰そいつ。有名人なの？」

「もぐりかよお前。一年以上誰も懐《ふところ》に入れなかった皇凛華《すめらぎりんか》に、急接近するニューカマー」

この点、周りの視線には敏感、なおかつそいつらに勇ましく抗議できる凛華《りんか》だったが、早朝からわざわざ血圧を上げるほどのことでもないとスルー。

一方の天馬《てんま》も、彼女が人目を集めるのは当たり前だと当たり前に認識していたから、よもや群衆の目が自分もセットで捉えているとは夢にも思わず。

ゆえに二人とも気付けなかった。

「あんな冴《さ》えない野郎が？　何かの間違いだろ」

「みんな、最初はそう思ってたけど。怪しい噂《うわさ》は一つや二つじゃないんだ」

「昼休みに拉致してしばらく戻らなかったとか」

「保健室に連れ込んでいかがわしい情事に及んでいたとか」

「ボディガードみたいに他の女子との接触を阻《はば》んでいたり」

「矢代《やしろ》とは一年のときに同じクラスだったんだけど、そのせいかしつこく聞かれたんだよ」

「俺も、俺も。あいつの家族構成とか趣味とか。どこに住んでるかまで割り出そうとして」

「そうそう。知らないって言ったら興味なくして、他の奴《やつ》にも似たような質問してんだ」

「普段は男に興味を見せない撃墜王が……」「え、つまり皇《すめらぎ》さんの方からお熱ってこと？」

「もう確定じゃん」「付き合ってるでしょ」「凜華《りんか》さまのそんな姿、見たくなかった～」

やっかみ。動揺。憎悪《ぞうお》。苛立《いらだ》ち。一口では言えない、もしかしたら阿鼻叫喚《あびきょうかん》に近い何か。

その情報は瞬《また》く間《ま》に広がり、強烈な震撼《しんかん》へ姿を変えたこと。

今朝の校内が異様な雰囲気に包まれていたことも。

△

その後もしばらく打ち合わせは続いたが、階段に差し掛かった辺りで凜華《りんか》は素に戻り。

「このまま並んで教室に入ったら仲が良《い》いみたいに思われそうで超不快だから先に行きなさい」との指令。同伴出勤しようものなら色々と詮索されそうなので、天馬《てんま》としても同意見。

よって単身教室に乗り込んだのだが。

「……ん？」

一秒で感じ取った異変。始業式から二週間。すでに馴染《なじ》んでいたはずの二年五組にはなぜか、いつもとは違う空気がまん延していた。

喧騒《けんそう》で溢《あふ》れるのは変わらないが、そのざわつき方が異なる。目的皆無の雑多なお喋《しゃべ》りで満たされているのではない。明確な一つの意志を持っているように感じた。

置いてけぼりを食らった天馬《てんま》が立《た》ち呆《ほう》けていると、近くにたむろしていた男子の間で、

「あの矢代《やしろ》が？　に、にわかには信じられんが……」

「言われてみると最近、矢代《やしろ》のやつ様子がおかしかったような……」

「俺がどうしたって？」

何やら自分の名前が登場していたため割って入る。三浦《みうら》に長谷川《はせがわ》、中村《なかむら》。一年から続投して同じクラスになった連中で、それなりに気心が知れている。

「や、矢代《やしろ》ぉ⁉」

一様に飛び上がった彼らは、指名手配犯でも発見したみたいに大げさなリアクション。

「なんだよ。いったい何を話して……」

訝《いぶか》しく思いつつも輪の中に入ろうとする天馬《てんま》。その足が、ぴたりと止まった。

もはや些細《ささい》な違和感ではない、明白な異状を感知して背筋が凍る。

静かだ。賑《にぎ》やかだった教室は一転して静寂。一時停止のボタンが押されたように動きを止めていた。ただ一点に釘付《くぎづ》けとなった状態で。

渦中《かちゅう》の人物が現れたとでも言いたげな視線が注がれているのは、なぜだろう。

「お、俺?」

自意識過剰ではなく、天馬《てんま》。ここが法廷なら被告人。世間を騒がせる悪玉になった気分。路傍の石にすらなれない、電柱の根元に生えた雑草程度の存在感しかない男が、なぜ。自己解決するのは不可能。すがる思いで傍《そば》の三浦《みうら》へ視線を飛ばせば、

「矢代《やしろ》!　どういうことなんだよこれはー!」

返ってきたのは思いがけない台詞《せりふ》。

「は?」

「お前はそういうキャラじゃねーだろーが、裏切り者ぉ!」

「非モテ仲間みたいな顔して裏ではやることやってたんだなチキショー」

「……待て、待て待て!」

べそをかきながら詰め寄ってくる男たちは、まさしく罪深き者を見る目。どんな冤罪《えんざい》事件に巻き込まれたのかわからず、ひたすらに混乱する天馬《てんま》。

「あのぉ……すみませーん!」

だが、舞い降りた天使により戦火はやむ。

「矢代《やしろ》くんに用があって……ちょっと、通してもらってもいいですか？」

天馬《てんま》を取り囲んでいた男子は一斉に息を呑《の》み、「はいもちろん！」「どうぞどうぞ！」媚《こ》びへつらいながら道を譲る。彼らと入れ替わる形で出現したのは、本日も眩《まぶ》しいほどの輝きを放つ美少女だった。

「あ、はい。おはようございます」

「つ、椿木《つばき》さん……」

丁寧にお辞儀。そこまではいつも通りの麗良《れいら》だったが、顔を上げた彼女はどこか浮かない様子。胸の前で組んだ手を左右に行ったり来たりさせて、

「えっと、あの～、ですね」

最初は遠慮がちにチラチラ上目遣い。彼女がそうするだけで、男の情欲を羽箒《はねぼうき》でくすぐるにも等しいのだから恐ろしい。美人は三日で飽きるなんてどう考えても嘘《うそ》。

「……私、風説に惑わされるのは、よくないと思うんです」

やがて意を決したのかずいっと身を乗り出してくる。下まつ毛の本数まで数えられそう。彼女はもう少し距離の取り方を勉強すべきだ。

「だから、私が代表で質問しますね」

「質問？」

「矢代《やしろ》くんって、凛華《りんか》ちゃんと付き合ってるんですか？」

「…………」

この人はいったい、何を言っているんだろう。

そうして理解を放棄できた方が幸せだったのかもしれない。しかしこのとき、天馬《てんま》の脳内で構成されたのは最低最悪のシナリオ。

わ、っと。震える空気を感じた。見れば遅れて登場した凛華《りんか》のことを、数人の女子が取り囲んでいる。よく一緒にいる軽音部のロックなメンバーたち。

「え……なに？」気だるそうに首を回した凛華《りんか》。事態を把握できていない彼女に向け、

「なんだよ凛華《りんか》、こそこそ隠しやがって」

「うちらにはそういうの事前に報告すべきじゃーん？」

「どこまで行ってんのよ～、うりうり～」

天馬《てんま》の周囲とは打って変わって祝福ムードだったが、面倒臭いことに変わりはない。

何を言われているのかを徐々に理解してきたらしい凛華《りんか》のこめかみがピクピク痙攣《けいれん》。

それは災害級の大噴火が巻き起こる予兆に思える。そうなることを天馬《てんま》は望んでいた。

この未曽有の危機を、あるいは手っ取り早く収拾できるかもしれない、たった一つの冴《さ》えたやり方があったから。至極簡単、この場で凛華《りんか》がブチギレればいいのだ。

誰だ根も葉もない噂《うわさ》を流しやがったのは、と。教卓に瓦割りをかましながら激高すれば、少なくとも教室内にはびこる野次馬ムードは一掃されるはず。

——かまわん、やれ。

神風を祈るように視線を送る先で、しかし、数秒後には。

「ぷしゅ〜……」と、穴の開いた風船みたいな音をリアルに発した女。その意味を天馬《てんま》は瞬時に理解した。脳がパンクしたのである。天井を仰いだ凛華《りんか》は真っ白に燃え尽きており、立ち往生したも同然。不測の事態に弱い。弱すぎるのが仇《あだ》になった。

「そうなんですか。そうだったんですね、本当に……」

と、弁明の一つもできずにいる容疑者たちを目の当《ま》たりにして、疑念は確信へと昇華したらしい。アハハハ、と。照れくさそうに笑いながら頬に手を添える麗良《れいら》。

「私、そうとも知らず。一人で勝手に盛り上がっちゃって。ご迷惑でしたよね？」

果たして何をどう盛り上がっていたのか。問《と》い質《ただ》している場合ではなかった。

「いや、あの！」

「おめでたい話じゃないですか。私の親友を、どうぞよろしくお願いしますね」

目の前に浮かぶのは鮮明な笑顔。そこから邪気は一切感じられないのに、天馬《てんま》はなぜか突き放されたような気がした。徐々に彼女の姿が遠ざかっていく錯覚さえする。

「違うんだ。全部、誤解……だって、だって！」

あいつが本当に好きなのは、君なんだから。

無責任にカミングアウトするなんて許されるはずもなく。

もしかしたら今日は、人生で一番長い一日になるのかもしれない。

△

心底、思う。説得力なんてものは所詮、何を言うのかではなく誰が言うか。しどろもどろになって無実を主張する天馬《てんま》になど、まともに耳を貸す者はおらず。唯一の望みである凛華《りんか》（カリスマスキル持ち）も結局、機能停止から復帰することはなく。流されるままに一時限目の授業が始まってしまった。質問攻めの恐怖からは一応、解放されたわけなのだが。たかだか五十分程度の安息を喜べるほど刹那主義ではない。

——なぜ、こんなことに……

思いはあの女も同じはず。

天馬《てんま》からほぼ対角線に位置する廊下側の席。そこでは机に突っ伏して打ちひしがれる、惨《むご》たらしい死体が一つ。テレビから這《は》い出《で》た貞子《さだこ》ばりに黒髪を垂らしていた。

授業を放棄しているのは火を見るより明らかだが、気の弱い現国教師は注意する気もないらしい。朗々と森鷗外《もりおうがい》の生い立ちを語っている最中だった。当てられる心配もなさそうなので、こっそり取り出したスマホを机の下で操作。

『存命でいらっしゃいますか』

当人があの状況。反応は期待していなかったのだが、既読が付いてから五秒と経《た》たず。

『死んではいないけれどたぶんそれより酷《ひど》い状態』

即返信のルールは約束通り彼女にも適用されるらしい。

『文学的な言い回しだな』

『生きたまま地獄に落とされた気分』

『気を強く持て。ほら、作戦の立て直しが必要だろ？』

『そうね……とりあえず現状を整理しようかしら』

『現状……現状、か』

かじかんだように指先が鈍る。回答はいたってシンプルなはずなのに。

『世間じゃ俺とお前が付き合ってることになってる』

『一部じゃそれ、やったやらないの話にまで発展してるみたいよ』

『マジか。これだから発情期の連中は』

『とんだ天変地異ね』

それは天馬《てんま》も同感だったが、絶望感としては凛華《りんか》の方がはるかに上のはず。

『すまん。もっと警戒すべきだったよ。人の目とか耳とかいろいろ』

『それについては私の責任でしょ。舞い上がって周りが見えなくなってた』

『舞い上がる？』

『妄想じゃない現実の世界で、あの娘《こ》とイチャイチャくんずほぐれつできるんだってさ』

言い方はアレだったが、つまり。これでようやく麗良《れいら》との仲が進展するのだと、彼女なりに期待をしていたらしい。意気込みがあったのだろう。ゆえに反動もでかい。

『馬鹿な女が分不相応に夢を見ちゃった結果なの。無様よね』

ああそうか。だからあんな風に、と。

天馬《てんま》の家に来てから今朝まで、凛華《りんか》がずっとテンション高め（当社比）だった理由を知る。

抑圧された感情の捌《は》け口《ぐち》を心のどこかでずっと求めていたのだろう。

それを指して彼女は分不相応と断じたわけだが、果たして本当にそうなのだろうか。

誰と誰が付き合っている。告った。振られた。擦《す》った揉《も》んだ。恋愛事情に大して聡《さと》くもない天馬《てんま》の耳にさえ、日常茶飯事に伝わってくる。その当たり前が、凛華《りんか》にとっては決して当たり前じゃない。普通の恋する乙女になることが、彼女にとっては一番難しい。

『どうぞ笑ってくれて構わないわ』

『笑わねえよ』

スマホをいじりながらも机に突っ伏したままだった凛華《りんか》は、もぞもぞ動きを見せたかと思うやついと頭を起こし、眠たげな瞳を天馬《てんま》へ向けた。疑問が色濃く見て取れる。

『俺がどうにかしてやるから見とけよお前』

思ってしまったのだ。こんな簡単に諦めて欲しくない。無理だとか言って欲しくない、と。

なぜなら凛華《りんか》は、天馬《てんま》にはない才能をいくつも持っているのだから。

そんな人間にできないことなんて、あるはずがないと信じたかった。

『まだ始まったばかりだろ。勝手に落ち込んでんじゃねーよ』

『……もしや励ましてる？』

『顔ぐらい上げてろ。現国の先生が気の毒だ』

『あなたって実は結構、変わってるわよね』

お前の方がよっぽど変だぞ、と。入力したが送信ボタンは押せなかった。一瞬、ピクリと肩を揺らした長髪の女。その横顔に無邪気な笑みが張り付いていることを、天馬《てんま》だけは気が付いてしまったから。

この世界で、ただ一人。

△

冷静に整理すれば状況はシンプル。

当座の目標はとにかく、広まったスキャンダルをきっぱり否定すること。そんな火消し作業も、大手プロダクションのアイドルなら誰かが代わりに担《にな》ってくれるのだろうが。

『お前、秋元《あきもと》先生的な……ジュリーでもいいけど、後ろ盾あったりしない？』

『寝ぼけたこと言ってんじゃないわよ。引っぱたかれたいの？』

忘れてしまいがちだがあくまで彼女も一女子高生。なぜか少し安心させられる。なれば、手近な人間から誤解を解いていくしかない。先は長そうだった。

鉛でも呑《の》み込《こ》んだような気分でなんとか午前中の授業をしのいだ、昼休み。しかし、事態は思わぬ方向へ舵《かじ》を切る。

「矢代《やしろ》くん！」

天馬《てんま》は思わず椅子から転げ落ちそうになった。まだチャイムも鳴り終わらないタイミング。授業が終わるや否《いな》や、金色のテールランプをまとい飛んできた少女。

「ごめんなさい！」

よもや、かの聖女に頭を下げさせるとは。罪悪感と共に背徳的な快感も湧いてきて、危うくヤバイ趣味に目覚めそうだったが、すぐさま正気に戻る。

「ど、どうしたの、椿木《つばき》さん」

「私、勘違いしてたみたいで。速水《はやみ》くんからいろいろ聞いたんです」

「颯太《そうた》から？」

「凛華《りんか》ちゃんと矢代《やしろ》くんが付き合ってるっていう噂《うわさ》、ほんとは全然そんなことないって。あくまで良《い》いお友達で、二人ともすごく困っていると聞き、その、あの……私もすごく反省して」

それは麗良《れいら》一人に止《とど》まらず、「俺も悪かった」「すまんすまん」「ちょっと焦《あせ》りすぎたぜ」呼びもしないのに次々と寄ってきた男子たちから立て続けの謝罪。

つまり驚くべきことに、天馬《てんま》たちがどうこうするまでもなくクラスの誤解はすでに解けていたということ。それもたった一人の男により。

「……と。こんな感じでみんなには説明しておいたけど。良かったかな？」

しばらくして現れた張本人はいつも以上に爽やか、こともなげに言い放つ。

「良かったも何も……」

答える代わりに颯太《そうた》の手を握る。そのまま引き寄せ熱い抱擁を交わそうとしたが、「あ、それはさすがに気持ち悪い」さっと体を引かれたので実行には至らず。

「しかし、なぜお前がこんなことを……」

「だってそういう扱いされるの、君は一番嫌うだろ？」

いわば理性担当。正論を口にさせると妙な説得力を発揮するのが彼だった。

「ありがとな、マジで……」

持つべきものは友。一気に緩んだ天馬《てんま》の涙腺は今にも雨を降らせそうだったが、

「うん、だからね！　親友の僕にはどうぞ遠慮なく真実をさらけ出して、存分に相談してくれていいんだよ！　守秘義務はしっかり果たすからさぁ」

涙も引っ込む。まんま熱愛スクープをすっぱ抜いた記者の顔だった。

「……随分、楽しそうだな」

「そりゃーもお。あの矢代《やしろ》くんがとうとう恋に目覚めたんだから、応援したくなるよね」

「勘違いだし。そこに面白さを見出《みいだ》すのは世界中でもお前一人だぞ」

彼の誤解が解ける日は果たして訪れるのか。気の遠くなった天馬《てんま》が放心していると。

「矢代《やしろ》く～ん」

再び麗良《れいら》に呼ばれる。駆け寄ってきた彼女の手にはちょこんと、可愛《かわい》らしい花柄の包みがぶら下がっている。そういえば今は昼休み、つまりそれは弁当箱であり。

「良かったら一緒にお昼、食べませんか？」

開幕から難航を余儀なくされた『麗良《れいら》に告白しよう大作戦』だったが、ここにきてまさかの軌道修正。奇跡的に当初の計画通りに収まっているのだから恐ろしい。

「あ、他に約束とかありました？」

「い、いや！　そういうわけではないんだけど……あの、できればもう一人……」

「もう一人？」

お伺いを立てる意図で、天馬《てんま》はとある人物へ視線を飛ばす。

さっきから何か言いたげに麗良《れいら》の後ろにたたずみ、全ての感情をそぎ落とした無の表情でこちらを見据えている女に向けて。さあ、私を誘いなさい。言わずとも思いは伝わってくる。

天馬《てんま》の視線に誘導された麗良《れいら》は背後を振り向き、

「ん………あれ？　凛華《りんか》ちゃん？」

首を傾《かし》げたのも数秒。交わる二人の視線から何かを感じ取ったのか、ポンと手を叩《たた》く。

「そうだ、凛華《りんか》ちゃんも一緒に食べましょう。そうしましょう！」

有無を言わさずに、さっそく凛華《りんか》の手を取り連れてきた。

「大勢の方が美味《おい》しいです、きっと」

笑顔で両手を合わせる麗良《れいら》に、天馬《てんま》は心の中で最大級の賛辞を送っていた。なにせ労せずして三人での昼食をセッティングしてくれたのだから。

これ以上の戦果はない。きっと凛華《りんか》も大満足のはずだろうと、勝ち誇っていた天馬《てんま》は、

「……一緒にご飯ですって？　あーあー、どうしよっかなー」

直後に鼻っ柱をへし折られる。

「軽音部でミーティングあるし。私的にはそっち行きたいんだけど」

痛くもない肩を揉《も》みながら不満を垂れているのは、本来その誘いを一番に喜ぶべきであろう女。思わず「おいっ！」そいつの脇腹に肘打ちを食らわせていた。

「痛っ、なによ？」

「なによも糞《くそ》もねーんだよ、どういうつもりだお前ぇ!?」

思いもしない裏切りで我を忘れる天馬《てんま》に対し「ばーか」小声で返した女は冷静そのもの。錯乱したわけでも血迷ったわけでもないらしく、耳元で囁《ささや》いてきた。

「ほら。楽しくみんなでランチとか私のキャラじゃないでしょ？」

「……キャラ、だと？」

「いったん嫌がったあとに渋々承諾ってくらいが自然なのよ、私的には」

「お前マジでめんどくせえなぁ!?」

「黙りなさい。私は常に孤高な狼《おおかみ》でいたいの」

彼女の中では学校でのイメージを崩さないように立ち回ることが、何より優先されるらしい。

年季が入っているとかそういう次元を超えている。完全に拗《こじ》らせていた。

嗚呼《ああ》、誰でもいいからこいつに引導を渡してほしい。氷の心を解かしてやってほしい、と。

もしもその願いを叶《かな》えてくれる人物がいるとすれば、無論、この世に一人しかおらず。

「私……実は寂しいんです」

落とされた呟《つぶや》きに「椿木《つばき》、さん？」「え、麗良《れいら》？」会話で乳繰り合っていた二人は瞠目《どうもく》。

「最近、凛華《りんか》ちゃんとお話しする機会が少なくって。お昼も全然一緒に食べてくれませんし
……もしかしたら避けられてるんじゃないのかなとか、考えたり」

決して誰かを責めるわけではない。抱えきれなくなった荷物を下ろすように語る少女。

麗良《れいら》がそう思うのも必然。毎回こんな風に素っ気なく断られていたら誰だってショックを受ける。むしろ言うのが遅すぎたくらいだ。凛華《りんか》も危機感を覚えたのだろう。

「さ、避けてるわけないでしょ！　これはただ単に……アレよほら。あるでしょ？　意味もなくコーヒーをブラックで飲みたくなる時期って。それと一緒……」

よくわからない弁明。この期《ご》に及んでまだキャラ作りを優先するべきか、葛藤はあったのだろうが。

「……わかった。わかったわよ」

最終的には愛する女の笑顔が最優先という結論に至ったらしい。

「一緒に食べましょう。そうしましょう」

「本当ですか？　やったぁ」

小さく飛び跳ねた麗良《れいら》はそのまま親友の半身に抱きつく。このときばかりは凛華《りんか》もされるがまま。二人がこんなスキンシップを見せるのはなかなか珍しい。

その光景を眺める天馬《てんま》は、胸の奥がほっと安らぐのを感じていた。

これでやっと一歩を踏み出せたのではないかと思ったから。

本当なら凛華《りんか》も麗良《れいら》の誘いを断りたくはない。むしろ毎日だって一緒にいたいと渇望《かつぼう》しているはず。いくつもの厄介な要因に邪魔され、その選択が許されないだけであり。

一歩と言わずこのまま二歩、三歩と。どんどん進んでいければいいのに。

「矢代《やしろ》くんがそんなにやけ面《づら》作ってるの、初めて見たよ」

冷静な指摘で我に返る。いつの間にやら颯太《そうた》が横で例の爽やかスマイルを浮かべていた。

「お前、足音殺すの癖になってるのか？」

「この場合あまりに無防備な矢代《やしろ》くんに問題があると思うけど」

確かに、天馬《てんま》は相当な隙を晒《さら》していただろう。しみじみ考えていたのだから。

自分のキャラではない、不自然だ。そんな理由で麗良《れいら》を避けている凛華《りんか》だったが、今こうして二人が触れ合っている風景はどこも不自然じゃない。それどころか果てしなく調和が取れている。まるでこうなることを誰もが待ち望んでいたような。

「二年になってからというもの、今まで知らなかった君の一面を沢山見られるね」

「俺からしたら、それの何がお前の琴線を刺激するのかわからないぞ」

「はっはっは。じゃ、二大アイドルとの優雅な昼食を、心置きなく楽しみたまえよー」

そう言って天馬《てんま》の背を叩《たた》き、颯太《そうた》は離れていくのだが。

「……二大アイドルとのランチ」

本番はこれからなのだと思い知らされ、早くも胸につかえる何かを感じていた。

△

春はポカポカして気持ちいい。そのせいで一部ヤバ目の人種が湧いてくる時期でもあるのだが、ネガティブな発想は全部ゴミ箱に捨て去ろう。

天気も良《い》いですし外に行きましょうねーとニコニコだった麗良《れいら》の提案により、中庭でランチと洒落《しゃれ》込《こ》む運びとなった。学食の南側に広がる日当たりのいい芝生ゾーンで、カフェテラス風にテーブルや椅子も設置されている。

自分の学校ながら、天馬《てんま》にとっては半ば都市伝説的な意味合いを持つエリア。通りがけに眺めることさえあれ、実際に踏み入ったことは一度もない。意識的に寄り付かなかった。

「うわぁ……」

案の定、広がる風景には目眩《めまい》がする。ブレザーを脱いでバドミントンに興じるグループ、噴水を背景に自撮りする集団、弾き語りするバンドマンの前には人だかり、ベンチに腰掛けていちゃつくカップルは数えたらきりがない。知り尽くしたはずの学校でここだけ異空間。場違いなところにいるような気がして、急激に放出された胃酸が粘膜を溶かす。

即座にこの場を離れたい衝動に駆られるが、

「矢代《やしろ》くーん！　ここ、空いてますよー」

一本脚の丸いテーブルで麗良《れいら》が手招き。彼女一人を残して逃げ出すわけにはいかない。

弁当持参の天馬《てんま》と麗良《れいら》が先に中庭へ向かい席を確保、購買で昼食を購入してきた凛華《りんか》がのちに合流した。成り行き上、三人で卓を囲む羽目になったわけだが。こんなにも開放的な空間にいながら、壮絶な息苦しさを覚える天馬《てんま》だった。

右手には黒髪の麗人。左手にはブロンドの天使。正真正銘の両手に花。リア充がしこたま集まるただ中にあって、外見上一番リア充しているのは天馬《てんま》かもしれない。

完全に世の理《ことわり》を侵している。天罰が下る前に避難しなくては。夕飯の残り物を弁当に入れてきたはずだから、それが傷んでいたことにしてトイレへ駆け込もう。

策を実行に移すべく小刻みに震える手でなんとか弁当の蓋を開けた。

「わ～、すごいですね、矢代《やしろ》くんのお弁当！」

「……そ、そう？」

本日のおかずは、甘くない卵焼きにオクラのベーコン巻き、濃い味のポテトサラダ、主役は唐揚げ（昨晩の残り）。白飯にはポン酢で和《あ》えたしらすとネギが載っている。

一応それなりに栄養バランス、彩《いろど》り、手間、コスパなどを考慮した上に詰め込んであるので、褒められて悪い気はしない。というか上機嫌だったりして。

それになにより、天馬《てんま》へ体を預けるようにして弁当を覗《のぞ》き込《こ》んでくる麗良《れいら》。無自覚に寄せられた豊満な胸がばっちり肩に触れており。この世のものとは思えない感触が伝わってくる。

幸せの極致。このまま死んでしまっても構わないとさえ思っていたのだが、

「いぃっ⁉」

情けない喘《あえ》ぎ声《ごえ》。突如つま先へ走った鈍痛で表情筋が強張《こわば》る。

「どうかしました？」

「い、いやぁ……なんでも」

麗良《れいら》が不思議そうにするのも無理はない。彼女からは見えない死角。テーブルの下で密《ひそ》かに振り落とされた踵《かかと》は、未《いま》だに殺意むき出しで天馬《てんま》の右足を地面ごとえぐる。

恐る恐る目玉を動かせば、口笛でも吹きそうなほど何食わぬ顔の凛華《りんか》。悪かったよ、ちょっと出来心が……アイコンタクトで謝罪したところ、ようやく踵《かかと》を引く。番犬の存在を忘れてヘブン状態に陥るとは、オッパイの魔力がいかに恐ろしいかを物語っている。

「矢代《やしろ》くんのお母さん、料理お上手なんですね」

「ああ……これは自分で作ったんだけどね」

「え？」

「先月から親が仕事で海外だから、家事全般は俺がやってるんだ」

「…………嘘《うそ》、です」

「まぁ姉が会社に持っていく分を作るのが本来の目的で、こっちはあくまでついでなんだけど……って、あの……どうかした、椿木《つばき》さん？」

不安になった天馬《てんま》はおずおず呼びかける。先ほどまで愛らしい仕草を振りまいていた麗良《れいら》が今や機能停止、完全に固まっているのだから。何を引き金にしたのかはわからない。よもや弁当を手作りする男子高校生は天馬《てんま》が思っている以上に気持ち悪いのだろうか。

「す、す、す…………」

「ん？」

「すごすぎます！」

「ぬぇ⁉」

まじまじ弁当を見つめていた麗良《れいら》は、にわかに大爆発を起こす。

「この色彩豊かで完成された芸術品をまさかたった一人で作り上げたんですか⁉」

「え、まあ……」

「信じられません！　天地万物を創造した神にも等しい‼」

「大げさじゃない⁉」

早口にハァハァ荒い息遣いで迫られたものだから、天馬《てんま》はパニック。なんなら引いていた。

「あ、いえ、あのぉ……す、すみません！　つい取り乱してしまい」

麗良《れいら》は一気にトーンダウン。興奮の熱はすっかり恥ずかしさへと変換されたらしい。

「これだけのものを作り上げる技術、私には奇跡か魔法にしか思えず……はぅぅ」

世界一可愛《かわい》いため息を漏らしてから、しゅんと俯《うつむ》いてしまった。

「私も、料理を作れるようになりたいんですけど……どうしてもうまくいかないんです。性に合わないというか、卵焼きも満足に作れないくらいで」

「あれも突き詰めれば相当難しいし、そこまで気を落とさなくても」

「突き詰めていません。食べられるものができた例《ためし》がないんです、そもそも」

「……」

解説を求める意味で、凛華《りんか》をチラリ。全ての職務を放棄したように素知らぬ顔で、野菜ジュースのパックに刺したストローを吸っている。嫌な予感がしてきた。

「……食べられないって。いやー、でも、失敗しそうだったらぐちゃぐちゃにしてスクランブルエッグみたいにしちゃえばいいんじゃないの、卵焼きって」

天馬《てんま》がさも当然のように発した台詞《せりふ》に対して、しかし、麗良《れいら》は目を見開いて驚愕《きょうがく》。

「どうやったらスクランブルエッグになるんですか⁉」

「あまり意識したことないけど……適当に箸でかき混ぜながら炒《いた》めてれば」

「そんなことしたら黒い消し炭になります！」

「ならないけど⁉　火炎放射器でも使ったの⁉」

「わかりませんよぉ、ちゃんとレシピ通りやったのに……」

ブルブル首を振る麗良《れいら》からは、気のせいだろうか、「何もしてないのに壊れた！」と言ってPCのメンテナンスを要求してくる愚姉と同じ匂いがする。

「そもそも料理本ってどれもおかしいです。わざとわかりにくい書き方してませんか。なんなんです『さっと炒《いた》める』って。キツネ色になるまでってどれくらい？　味を整えるってどういう意味です。適宜に適量。間違い探しですか。抽象的な言葉を使わないでください」

「いや、あのね、椿木《つばき》さん……」

「臭みを取る。ぬめりも取る。アルコールは飛ばす。香りや風味は飛ばすな？　わけがわかりません。ああ、どうしてお湯に味噌《みそ》を入れたらお味噌汁《みそしる》にならないんでしょう！」

「待て最後のそれは地味にひどいぞ！」

天馬《てんま》の声も迫真を帯びる。確信してしまった。麗良《れいら》はきっと、出汁《だし》のことをでじるとか呼ぶタイプの人間。料理が苦手とかいうレベルではなく、限りなく「できない」に近い。

それは当の本人も自覚しているのだろう。ううぅ、と喉の奥を詰まらせる少女は今にも泣き出しそう。なす術《すべ》ない天馬《てんま》は、一縷《いちる》の希望を託して凛華《りんか》へ視線を投げたが。

「……み、み、みそ……ぷふっ」

聞こえたのは破裂音。下を向いてプルプル震える女は笑いを必死に堪《こら》えている。味噌汁《みそしる》を初めて飲んだ留学生みたいなことを抜かしたのが麗良《れいら》なので、気持ちはわからなくもない。むしろわかる。わかりみが深い、しかし。

(おい、皇《すめらぎ》ぃ!)

凛華《りんか》の肩に手を回し一喝。鬼気迫る感情はしっかり乗せながらも声量だけは抑える。

(なーによ。気安く触んないでくれる暑苦しい)

(うるさいとにかく答えろ。俺の見立てが正しかったら……その、なんだ)

しょんぼりモードの麗良《れいら》を一瞥《いちべつ》。言葉を慎重に選ぶ。

(実は彼女……メシマズだったり?)

(むしろゲロマズかクソマズでしょうね)

(女の子だぞ! ゲロだのクソだの言うな!)

(一度でいいから食ってみなさいよ、あの子の実験によって生成された化合物を)

（じ、実験……？　もしや、コンロが爆発したり？）

（さんまの煙で火災報知機が鳴って消防車が来たって話なら聞いたことある）

（閉め切った屋内で七輪焼きでもしたの？）

（普通に魚焼き用のグリルで。あ、そういえば他にも……）

まだまだいくらでも凄惨なエピソードが飛び出しそうだったが、

「私だって、どうにかしたいとは思っているんですよ」

不貞腐《ふてくさ》れたようにそっぽを向いてしまった少女は、桜の花弁みたいな唇をもぞもぞ擦《こす》り合《あ》わせる。そんな風にいじける姿が新鮮でならない。こうしていると麗良《れいら》もあくまで十六歳。天馬《てんま》と同じように空気を吸い、喜び、怒り、哀《かな》しむ、普通の女の子だった。

「あ、あのさ……本で勉強もいいけど。わかんなかったら、お母さんに教えてもらったら？」

そんなフォローを口にした理由は、麗良《れいら》の広げる弁当が目に入ったから。

あの切り身はおそらく鰆《さわら》の西京《さいきょう》焼き。鮮やかな緑色はうぐいす豆で、大根おろしが添えられているだし巻きは文句なしに均整が取れている。他にもいろいろ。褒められた手前でなんだが、天馬《てんま》の弁当よりも数段バリエーションに富んでおり感服させられる。

「あ、えっと……これは、母が作ったものではないんです。そのぉ……なんて言うのか」

何やら思うところがあるらしい麗良《れいら》。具合が悪そうに視線を逸《そ》らす。

「母も、料理は不得手。右に出る者がいないというか……この場合は左？　とにかく、そういう人種なもので、はい」

なるほど。遺伝の神秘はときに恐ろしく、ときには残酷に人類へ襲い掛かる。

「じゃあ、それは？」

「メイド長の沖田《おきた》さんが代わりに作ってくれています。何でもこなせるすごい人です」

ちゃっかりブルジョワジーな単語が飛び出したが、その点にはあまり驚かず。

容姿、言動、どれを取っても麗良《れいら》ほど『お嬢様』と形容するのがしっくりくる人間はいないのだから。メイドの二、三人を召し抱えていようと不思議はない。

ちなみに麗良《れいら》の弁当箱は会社勤めのパパが持っていそうなサイズで、おまけに二段重ねときたから驚く。細い体のくせにがっつり食べるタイプらしい。

優雅に泳ぐ白鳥が水面下で決死のバタ足をするように、スタイル維持のたゆまぬ努力を陰で重ねているのだろう。でなけりゃ世間の女子たちが憤死する。

「私も一度でいいから、自分でそういうの作ってみたいです」

ショウウィンドウに張り付いてトランペットを見つめる少年そのもの。王族並みに貴いお方からそんな瞳を向けられ、天馬《てんま》はあまりの畏れ多さに心臓がキュッとする。

「大したことないって。味付けも普通の普通……」

謙遜なしの事実を口にしても「いいなぁ〜美味《おい》しそうだなぁ〜」と、メトロノームみたいに揺れ続ける少女を納得させることはできず。仕方なく、

「嘘《うそ》だと思うんなら食べてみなよ、ほら」

「え、いいんですかぁ？」

「こんなので良ければ」

「ありがとうございます！　あ、卵焼きがいいです」

「どうぞどうぞ」

好きに取ってくれという意味で弁当箱を差し出すのだが、待っていたのは想定外すぎる展開。

「…………」

「…………？」

奇妙な——少なくとも天馬《てんま》にとっては奇妙な沈黙が、三秒ほど通り過ぎる。

いくら瞬《まばた》きを繰り返しても麗良《れいら》が箸を手にすることはない。それどころか両手をフリーにしたまま、首だけをずいっと天馬《てんま》の方へ近付ける。まさかこれは……おののく天馬《てんま》をよそに、あーん、と。健康的な色の口腔内《こうこうない》を露《あら》わにすることで、受け入れポーズは完成。

創作物の中でしかお目にかかれないシチュエーションに、天馬《てんま》はもはや錯乱寸前だったが。

それよりもはるかに大きなダメージを食《く》らう、ハートを貫かれたに等しい女が一人。

「ぶっふっ」

吐血したような音に見やれば、顔面を覆い隠した凛華《りんか》がプルプル震えていた。なにグッと来てんだよ、そういう企画じゃねえんだよ、と。参謀役ならば冷静に諫《いさ》めて然《しか》るべきだろうが、実際のところ麗良《れいら》のそれは官能的にもほどがあり。

「は、ハイハイ、卵焼きねー！」

即座に望みのブツを放り込んで口を閉じさせた（卑猥《ひわい》は一切ない）。

恐ろしいのは彼女が意識してこれをやっているとは到底、思えない点。つまり天性。あるいは魔性か。無自覚に男を虜《とりこ》にする羅刹《らせつ》の天使。

「ん、んん、思った通り。すっごく美味《おい》しいです！」

「あははは……それは良かった」

咀嚼《そしゃく》を終えた麗良《れいら》から手放しに称賛されるのだが、素直に喜べる天馬《てんま》ではなかった。

「優しくて、格好良くて、料理も上手《うま》いだなんて。絶対モテますよね、矢代《やしろ》くんって」

「残念ながらからっきし」

「えぇ！　本当に？　誰かに告白されたりは？」

「皆無だよ。彼女がいたことすらない」

「へ～、意外です。あ、だったら私が第一号に立候補しちゃおうかな～……なーんて」

「……冗談でもそういう発言は慎もうね？」

危ない。危ないぞ。ある意味、凛華《りんか》が用心棒を務めてきたのは天の思《おぼ》し召《め》し。放っておいたらどれだけの勘違い男を量産していたか。国の一つや二つ平気で傾きそうだ。

「そうだ。私ばっかり頂いたら忍びないので、お返しに……はーい？」

「むっ？」

ともすればそれは必然。今度はだし巻きを差し出す側になった麗良《れいら》は、包容力の塊みたいな笑顔を咲かせている。永久保存したくなる可愛《かわい》さに、思わずここは天国なのかと錯覚。全てを忘れ夢うつつに引き寄せられる天馬《てんま》だったが、しかし。

ぱくっ、と。横から体を乗り出してきた女に先を越される。そんな食い意地張るようなタイプじゃないだろうに。一瞬だけ驚いた様子の麗良《れいら》もすぐに吹き出し「お口に合いましたか？」

「まあまあね」和気藹藹《わきあいあい》たるやり取りはさすがの幼なじみ。

凛華《りんか》はもぐもぐ口を動かしながらも最大級のジト目。見たまんまの非難である。

「良かったじゃない。滅多に披露する場がない特技を、私以外にも褒められて……ねえ？」

「ア、ハハハ……本当に、恐悦至極でございます」

いい気になるんじゃないわよ――心の声まで聞こえてきそうだ。己の責務を思い出した天馬《てんま》は、そもそも座る位置からして間違ってるよなこれ、と。大失態を今さら嘆いたり。

「……凛華《りんか》ちゃんは、矢代《やしろ》くんがお料理得意なの、元々知ってた感じですか？」

訝《いぶか》しむ麗良《れいら》に若干の焦《あせ》りを覚えていたが、凛華《りんか》はクールを装《よそお》ったまま。

「ええ。たまたまね」

「たまたま、ですか？」

「いろいろあってね。それだけの話」

きっぱり言い切ってから、それ以上の詮索を断ち切るようにハムサンドを口に運んでしまえる辺り、さすがはキャラ作り全一《ぜんいち》。見習いたいと思う天馬《てんま》だったが、

「ま、どんなボンクラにだって一つくらい得意なことがあるっていう典型例よね、これ」

不躾《ぶしつけ》にもコレ呼ばわりされ、芽生えかけていた尊敬の念は一気に霧散。

「よく言うぜ……そんな毒吐けた身分じゃないだろ、お前は」

「どういう意味かしら？」

「しっかり三食、俺の作った飯で腹を満たしたのはどこのどいつだよ」

「んな⁉ 昼は断ったでしょ？ なのに、あんたが勝手に……」

思いがけず自分たちの世界に入ってしまい、「あっ」墓穴を掘ったのには遅れて気付く二人だが。

「本当に仲が良《い》いんですね、二人……少し妬《や》けちゃうくらいに。ふふっ」

口元に手を当てながら肩を揺らす麗良《れいら》。

「あ、大丈夫です。お付き合いしてるとか、そういうのじゃないのはわかってます。でも、そうじゃなくても……嬉《うれ》しいんです。こうやってまた凛華《りんか》ちゃんと一緒にいられて、笑っていられて。凛華《りんか》ちゃんが楽しそうにしていると、私も楽しくなりますから」

楽しそう。今の凛華《りんか》が。少なくとも天馬《てんま》からはそう見えない。本人も「ぜんっぜん楽しくないわよ。むしろ不愉快」とか、平気で突っぱねそうに思える。

だけど、そうはならなかった。「別に……」と、凛華《りんか》の口が開かれたのは確かだが、それだけ。すぐに口をつぐみ、何かを誤魔化すように前髪をねじり始めるのだった。

「これも全部、矢代《やしろ》くんのおかげですね。ありがとうございます」

「いや、あの……まあ」

身に覚えのない感謝にはどう返すべきか。苦笑いの天馬《てんま》が戸惑っていたとき、

「椿木《つばき》さーん、ちょっといいかしら？」呼びかける声が聞こえた。見ると校舎の一階、廊下の窓を開けて手招きしている女子が一人。三つ編みに眼鏡、上級生だろうか。

はーい、と返事をした麗良《れいら》がすぐに駆け寄っていく。しばらく立ち話をしてから帰ってきた彼女は「ごめんなさい！」平手を合わせた前傾姿勢のポーズ。

「生徒会の人から呼び出しがかかってしまい、行かなくてはいけないようです」

広げたばかりのお弁当をそそくさ包み直した麗良《れいら》は去《さ》り際《ぎわ》にもう一度、振り返り。

「私から誘っておいて申し訳ありません。埋め合わせはあとでしますから〜」

名残惜しそうに手を上げる。どこまでも律儀《りちぎ》な性格をしていた。その背中が見えなくなるまで手を振り続けた天馬《てんま》は、やがて気付かされる。

「……ハッ！」残されたのは二人。その点で言えば計画通りだったが、面子《メンツ》が悪い。完全に席を外すタイミングを逸した天馬《てんま》は、おっかなびっくり凛華《りんか》をうかがう。

考える人か古畑任三郎《ふるはたにんざぶろう》か、絶妙にエレジーな体勢は「ゴゴゴゴ……」とかの煽《あお》り文《ぶん》がしっく

りくる。案の定、怒らせてしまったらしい。すまん、自分がとっとと消えてさえいれば。謝罪すべきか逃走すべきか、揺らいでいた天馬《てんま》は「ん？」やがて奇妙な音を耳にする。

ズス、ズッスッ、ズゥ〜、と。蕎麦《そば》をすするような、親父《おやじ》のいびきのような。何とも形容しがたいそれは初め、どこから発せられているのかもわからず。次第に大きさを増すにつれて、否応《いやおう》なく正体を知る。

「く、く、くっく、っくっくっく……」

出所は、すぐ近くだった。まさかと思い見やれば、削岩機のように超振動を起こしていた凛《りん》華《か》が、口角を片方だけ吊《つ》り上《あ》げて、にへらと微笑《ほほえ》んでいるのを天馬《てんま》は見た。

「あ、あの〜……？」

「くふ、はは、は……くっくっく……」

「す、皇《すめらぎ》？　お前、ダイジョーブ？　頭とか」

「アーッハッハッハッハッハッハ！」

やがて歯止めを失ったらしい女はとうとう、天空を仰ぎながらの咆哮《ほうこう》。さながら地球滅亡の破壊兵器を完成させたマッドサイエンティスト。純粋な悪役としか思えないその笑い声には、

「見ろ。皇《すめらぎ》さんが笑ってる」「今日は槍《やり》でも降るのか」「おい、聞かれたらしばかれるぞ」

バドミントンに興じていた一団が手を止め、露骨にヒソヒソ話を始めるほど。もしやさっき飲んでいたジュースにアッパー系の薬物でも仕込まれていたのか。警察に通報すべきか真面目

に悩んでいたら「いだいっ」バチコーン、と。関取もかくやの張り手を背中に食《く》らう。

「なーに辛気臭い顔してんの。あなたも存分に喜びなさいっての」

「喜ぶ？　何をだよ」

「大成功だったじゃない」

「はぁ？」

最初の雄叫《おたけ》びがあまりに邪悪だったせいで警戒していたが、ようやく気付かされる。今にも飛び跳ねそうな凛華《りんか》は衝動を抑えるように武者震い。軽く上気して血色が良すぎるチーク。不機嫌そうな普段と異なりパッチリ見開かれた瞳。横に広がったプルプルの唇。

喜びにより全身が支配されているのは、誰が見ても明らかだった。

「ハァ～！　こんなに沢山、麗良《れいら》とお話しできたの、何年ぶりかしら。きゃ～」

「……こんなに？　沢山？」

「あ～あ。私の中の麗良《れいら》成分——椿木《つばき》オイルがハイオク満タンに補給されちゃったわ」

「この世に存在しない物質を作り出すな」

満足の基準があまりに低すぎる。お前それで本当にいいのか、と。本来は正論を言ってやるべきなのだろう。目を覚まさせてやるべきなのは、わかっていたが。

「まあ……良かったな、とにかく」

肯定以外の言葉は出てきそうになかった。なぜって。凛華《りんか》が笑っていたから。

もちろん笑うだけならこれまでも何度か目にしていたが、そのどれとも異なる。

普段は一分の隙も見せない女が、完全な無防備をさらす。剣も鎧《よろい》も全て放り出したのに、それでも安心しきった表情でいられる。なぜかそんな風に笑っていられる。

理由はわからない。見当もつかない。だけど事実として言えることは一つ。

彼女が楽しそうにしていると、見ている天馬《てんま》の方まで嬉《うれ》しくなった。自分のことのように喜べた。彼女のそんな顔をもっと見ていたいと思ってしまうのだった。

△

数学教師・相沢真琴《あいざわまこと》の机は彼女の性格が如実《にょじつ》に表れている。

統一感のないプリント類やハードカバーが無造作に積み上がり、コーヒーを飲んだと思《おぼ》しき黒ずんだカップが四つも同居、漏れなく口紅のあとがついていた。

「いや〜、良かったなぁ、矢代《やしろ》。おめでとう」

デスクに着いてもっさり脚を組む担任は楽しげ。タイトなスカートから覗《のぞ》く両脚は黒いストッキングに包まれており、ほどよくむっちりしていて生々しい。

朝っぱらから職員室まで呼び出され、確実に苛立《いらだ》ちを覚えていたはずの天馬《てんま》の中で、仕方ないからチャラにしてやろうという寛大さが生まれる程度には、目の保養だったりする。

「良かっただのなんだの、さっきから全く話が見えないんですけど」

「おっと失礼。何から話したら良《い》いか……私事で恐縮なんだが、今年から生徒会の顧問を任されていてな。お前、そこで庶務係とかやってみる気ないか」

「……俺ってそんな、『生徒会に入ってこの学校をより良くしたい！』とか考えてるような熱血漢に見えます？　だとしたらレーシックお勧めしますけど」

「全然見えてないから心配するな。単純に椿木《つばき》から推薦があったからってだけだ」

「椿木《つばき》さん？」

そういえば、何日か前に彼女が「あと一人くらい、生徒会の手伝いしてくれる人を探しているんです～」とか言っていたのを思い起こす。

「推薦って、どうして俺を」

「そりゃあ仲が良《い》いからだろ」

「な、仲……ですか？」

「違うのか？　最近よく一緒にいるだろ。休み時間とか」

確かにここ数日、天馬《てんま》が麗良《れいら》と、なんならそこに凛華《りんか》も加え、三人で時間を共有することが多かったのは事実。そのせいで颯太《そうた》の顔がより一層に輝く一方、親指の爪を噛《か》みしめた一部の男子からは恨めしそうな視線を浴びせられている。そのうち後ろから刺されそうだ。

「これはたぶん椿木《つばき》からお前への感謝の気持ちだから、素直に受け取っても罰は当たらんぞ」

「いや、庶務って要するに小間使いですよね。それのどこが感謝……」

「なんだお前、知らないの？」

流れるように胸ポケットからマルボロ（赤）を取り出した真琴《まこと》は、底をトントン叩《たた》く。

「一本だけ良《い》い？」

「本気で言ってるわけじゃないですよね。禁煙でしょ、ここ」

「もちろん知っているとも。ジョーク、ジョーク！　はっはっはっは」

気持ちの良《い》い笑い。アラサーながら目尻にはしわ一つない。こうして見るとおそらく美人の部類だし、結婚相手の一人や二人は簡単に見つかりそうなのに、とか。偉そうに慮《おもんぱか》るのはやめよう。

「で……俺が知らないって、何をです」

「あー、そうそう。この庶務ってのがいかに美味《おい》しい役回りなのか、知らんのな」

「美味《おい》しい、とは？」

「仕事は少ないのにきちんと生徒会の肩書が付くから、労せず内申爆上がりなんだぜぇ」

たぶん、なのだが。それは教師陣の内々で処理されている、裏の事情であり。顧問の口からペラペラ暴露されていいわけがない。彼女の進退が心配になった。

「でも俺、特に推薦枠とか狙ってないので内申とか正直どうでも……」

「まあまあ、そんなこと言わずに、せっかくだからやってみたらどうだ。ほら、お前って部活もなんもやってないだろ？」

「なんです藪《やぶ》から棒に」

「これといった趣味もない」

「……なぜ断定形」

「見るからに無趣味って顔だもん」

「あの、それはちょっと失礼なんじゃ……」

「彼女もいないだろ？」

「……」

このまま「童貞っぽい顔してるもん」とか平気で言ってきそうな勢いに、天馬《てんま》の涙腺は熱くなった。それに気が付いたのか真琴《まこと》は慌てて立ち上がり、

「いやいやいや、別にそれが悪いとは言ってないんだぞ。ごめんな」

優しく頭を撫《な》でてきた。独身のくせに妙な母性を感じさせてくる。

「ただせっかくの高校生活、それじゃつまらないだろうと先生は思ったわけだ」

「……で、生徒会ですか？」

「そお。きっといい思い出になるぞ。青春しろ、青春。ついでに恋もな、恋も」

――青春、か……

想像してみたことなら何度もある。それを謳歌《おうか》できたらどれだけ楽しいだろうかと。

手を伸ばしても届かないのだと諦めがついてからは、想像すらしなくなったのだが。

「こう見えても私は昔やんちゃしててな」

「見たまんまなんでご謙遜なく」

「ちょうど今のお前と同い年、高二のときに初めて単車を買って乗り回し……」

はた迷惑な昔話を右から左に聞き流しつつも、考えた。これは悪い話じゃないかもしれないぞ、と。生徒会に属すれば必然、麗良《れいら》と行動を共にする機会も増える。その際に上手《うま》く凛華《りんか》と引き合わせられれば、二人きりにさせるチャンスもありそうだ。

「そんで、ツーリング中に煙草《たばこ》を切らして自販機に寄ったら、赤マルが置いてなかったときの絶望感な。筆舌に尽くしがたい。一回、メーカーに電話して文句言ったこと……」

「わかった。わかりました」

「ん？」

「引き受けます、それ」

「おおっ、サンキュー！　じゃあ、さっそく今日の放課後から頼むぞ」

「……本当にさっそくですね」

これも全て凛華《りんか》の計画を成就《じょうじゅ》させるため。彼女の青春が順調に進んでいる証拠なのだ。

しかし、そんな天馬《てんま》の使命などもちろん知るはずもない真琴《まこと》からは、

「椿木《つばき》は押しに弱いタイプだから、積極的にアプローチをかけるのが吉だぞ」

頑張れよ、と肩に手を置かれ。ぐっと拳まで握る激励。

この教師、見た目に反してなかなかお茶目。存外にも好感触を覚えた。

△

「これ、そっちの棚にお願いできますか？」

「はいはい、任せて」

軽い気持ちで持ち上げた段ボールは土嚢《どのう》みたいに重くて腰に来たが、なるべくそれを悟られないよう、すまし顔で鉄製ラックの上段に押し込む。そんな風に見えを張りたくなる魔法めいた空気だった。六畳ほどの狭苦しいスペースに動く影は二人分。

「すみません、さっそくお手伝いしてもらっちゃって」

「いや全然」

初めて足を踏み入れた国語資料室なる場所。湿った木の臭いが充満していたので、まずは換気から始まり（窓が一つなので気休めにしかならなかった）。

それからは無我夢中、広辞苑《こうじえん》サイズの本とひたすら格闘して小一時間。退屈なのに体力だけはしっかり消耗する最悪の仕事内容で、普段なら時給が発生しても引き受けない。

「だいぶ片付いてきましたし、休憩にしますか？」

「そうだね。さすがに疲れた」

脚がサビかけているパイプ椅子に腰かけ、ふぅっと息をついた。二人のそれが重なり、どちらからともなく微笑《ほほえ》み合《あ》う。

西日を反射した髪は金と赤のグラデーション。麗良《れいら》という存在が加わるだけで全てが色彩豊かに変貌する。古びたモノクロームの部屋にたちまち命が宿るのだ。

切れかけの蛍光灯も、埃《ほこり》が積もった振り子時計も、ワックスが剝がれて灰色にくすんだ床さえも。全部計算尽くで用意されたのではないかという錯覚に陥る。

映画の世界にでも没入した感覚。それなら間違いなく主演は麗良《れいら》で、役柄は日本の文芸作品をこよなく愛する文学少女、とか。捻《ひね》りのないキャスティングを天馬《てんま》が夢想していたら、

「どうかしました？」

「ん？」

「私の顔、じぃっと見つめているようなので」

「……」

しれっと言われる。どれだけの時間そうしていたのか自覚はない。ただ、とてつもなく気持ちの悪い行為をしていたことだけは痛感。真面目に死にたくなったのだが。

「私も矢代《やしろ》くんの顔ずっと見ていたので……お互い様ですね」

麗良《れいら》は自分の頭をポンと叩《たた》き、木の葉がそよぐように笑って見せる。彼女は確かに天馬《てんま》を見

据えていた。あまりに真《ま》っ直《す》ぐな瞳。強い引力を持った青から目を離せない。

だけど両者、何を言葉にするわけでもなく。時が止まったような静けさが広がり、日常の世界からどんどん切り離されていくように感じた。

あまりの心地好《ここちよ》さに、天馬《てんま》が半ばトリップしかけていると。

「……ん？」

不意に窓の外から聞こえてきた旋律。初めは微《かす》かだったそれが徐々に大きさを増していき、最近テレビのCMでよく耳にする曲をロック調にアレンジしたものだとわかった。

「近くで練習してるみたいですね、軽音部」

「そういえば……皇《すめらぎ》のやつも軽音部だったよね」

「はい。案外これも凜華《りんか》ちゃんが弾いてたりして」

「ハハハ……」

実際、タイミングが絶妙すぎて監視されているような気分。そうだ、真の目的を忘れてはいけない。天馬《てんま》のような平民がここにいられるのも、凜華《りんか》の存在あってこそ。

「知ってます？　凜華《りんか》ちゃんってギターだけじゃなく、他のパートもいろいろできるんですよ。ベースにドラム……キーボード。曲を作るのも凜華《りんか》ちゃんですし」

「全部一人でこなせるってことか。すごいな」

「あっ、でも。作詞だけは別の人にやってもらっているらしいんです」

「自分には向いてないってよく言っ……あれ、どうしました？」

「……へ、へえ～」

「いや、なんでも！」

天馬《てんま》にはわかってしまった。向き不向きの問題ではない。むしろ詞の一つや二つポンポン思い浮かぶのだろうが、彼女は弁《わきま》えているのだ。生まれ落ちたそれが自分のイメージとかけ離れたメルヘンなものだということを。

「小学校から中学校までずっと、私たち同じピアノ教室に通っていたんですよ」

「九年も……なるほど。言われてみると確かに」

「なんです？」

「すごく似合う。椿木《つばき》さんにピアノ、ぴったりなイメージだ」

「そうですか？　ありがとうございます」

どちらかといえば凛華《りんか》よりも麗良《れいら》の方が黒塗りのグランドピアノとは親和性が高いように思う。クラシックの穏やかな曲調ともなればなおさらだった。

「けど、私はなんとなく続けていただけで大して上手《うま》くもならず。すごいのは凛華《りんか》ちゃんの方。大きなコンクールも入賞常連でしたから。お母さんの影響が強かったのかも」

「お母さん……皇《すめらぎ》の？」

「有名なピアニストだったらしいですよ。十代のころから海外でも活躍していて、弾くだけじやなく作曲もされていたとか。あと凛華《りんか》ちゃんと同じ、とっても美人さんでしたね。私も数回しかお会いすることはできなかったんですけど」

「そっか」

スラスラ賛辞を並べられたところで、ふと思った。

「知らなかった」

「え？」

「あいつ、そういうの全然話さないから」

思えばそもそも、天馬《てんま》が知る凛華《りんか》はどれも他人の口から伝えられたものばかり。熱狂的なファンを抱えるバンドのリーダーで、麗良《れいら》と共に校内の人気を二分している。そんな話は噂《うわさ》で知ったにすぎず、本人が生身で語ったわけではない。

百合趣味《ゆりしゅみ》があって麗良《れいら》に恋愛感情を抱いていると知ったのだって、あくまでアクシデント。望んで打ち明けたわけではないのだからノーカウントだ。

「ま、喋《しゃべ》らなくて当たり前か。大して心も開いてないだろうし」

芽生えた感情を誤魔化すように笑う。なぜだろう。そこに一抹の寂しさを覚えるなんて。

「十分、心を許していると思いますよ」

不貞腐《ふてくさ》れた天馬《てんま》の台詞《せりふ》すら麗良《れいら》は優しく受け止めてくれる。

「凛華《りんか》ちゃんって案外、周りからの目とかイメージ、すごく気にするタイプなんですけど……

矢代《やしろ》くんと一緒のときは結構、素が出るみたいなので」

それはおそらく、単純に隠す必要がないから。天馬《てんま》が本性を知っているからこそ。特別な意味なんてない……はずなのだが。もしかしたら、と考えてしまう自分がいる。

「他の奴《やつ》らにも、もっと素の部分を見せてもいいのになぁ、あいつ」

初めて言葉を交わした日からずっと疑問に思っている。

彼女がどこまでも完璧であろうとするのは、そうあることを周りが望んでいるから。ある意味では究極の利他。そんな窮屈な生き方ってあるだろうか。

「いつもかっこつけてる必要なんてない。かっこ悪くたっていいのにさ」

楽器の音色が遠《とお》退《の》いていき、やがては消え。時計の針だけが静かに音を刻み始めた。

「やっぱりすごいですね、矢代《やしろ》くんは」

ゆっくり立ち上がった麗良《れいら》は、夕暮れの色を確かめるように遠くを見る。

「すごい、って？」

「知り合って短いのに、凜華《りんか》ちゃんのことをよく理解してます。かっこつけなくてもいいだなんて……他にそんなこと言ってくれる人、一人もいませんよ」

誰よりも凜華《りんか》のことを理解していそうな麗良《れいら》がそんな風に言うのは、きっと彼女も同じことを考えているからこそ。

「なら椿木《つばき》さんの口から言ってみたら」

「え？」

「もっと自然体でいいんじゃないかってさ」

少なくともその方が、天馬《てんま》なんぞが言うよりは数段効果がありそうに思えたのだが、「それは……」言葉に詰まった麗良《れいら》は結局、困ったように首を振る。

「難しいかもしれませんね」

「どうして」

「凛華《りんか》ちゃんは私にとってのヒーローですから」

「……？」

大きく息を吸い込んだ麗良《れいら》は瞳を閉じてしまう。続きの言葉を待つしかなかった。

「昔……本当に昔の話なんですけど」

やがて再び開かれた瞳は、いつもと違い憂いを帯びているようで。深海の青に染まったそれが一瞬、どこか遠くの風景を覗《のぞ》き込《こ》んだ気がした。

「私、学校に行けなくなってしまった時期があって」

「それって……」

「一般的に言う不登校です」

驚いた。驚きしかなかった。明るくはきはき。いつも元気で笑顔を絶やさない麗良《れいら》とは対極の暗い単語が飛び出したから、というのも理由だが。なにより、

「精神的に参っていて、自分の部屋からも出られなかったんですよ？」

それはとても悲しい過去のはずなのに、麗良《れいら》はちっともつらそうではない。わざわざそんなこと話さなくてもいいよ、と。少しでもつらそうだったら止めることもできたのに。

「この目と髪でわかると思いますけど、私、外国の血が入っていて」

耳にかかるブロンドを弄ぶ麗良《れいら》。その碧眼《へきがん》がまた少し濃くなる。

「母がロシア人なんですけど……考えてみると不思議ですね。生まれてからずっと日本で育って、向こうの言葉も喋《しゃべ》れないのに、見た目だけこんな感じなんですから」

こんな感じ。天馬《てんま》からはたぶん一生出てこない表現方法。裏を返せば、麗良《れいら》自身にとってその外見は良《い》い思い出ばかりではないということ。

「それで、まあ……なんというか。奇異の目で見られたり、からかわれたりすることも多く」

人は見た目が十割とはよく言うが、当然プラスにもマイナスにも働く。

「よくある話ですよね。だけど私、深刻に考えすぎてしまったみたいで。そういう視線とか全部気になってしまい、外に出るだけで息が苦しくなって……駄目ですね、弱くって」

ふふふ、と。いつも通り子猫のように笑うのだが、天馬《てんま》の胸はキリキリ痛む。それは「よくある話」で済ませていいことではない。

「弱くないし。駄目でもないよ。椿木《つばき》さんは何も悪くないんだから」

「ありがとうございます」

だけど事実、天馬《てんま》も彼女の金髪やブルーの瞳を珍しく思っていたはずだし。そうなると今さらその部分を否定するのは偽善者のやり口に思えた。

「そんなときに、私を連れ出してくれたのが凛華《りんか》ちゃんでした」

私にとってのヒーローなのだという、さっきの言葉とつながる。

「もともと親同士が知り合いでよく一緒に遊んでいたんですけど。私がふさぎ込むようになってからはほとんど毎日、遊びに来てくれるようになって。私に元気をくれた」

やっとわかった。苦しかったはずの過去をどうして普通に語れるのか。今の麗良《れいら》にとってそれはもう悲劇じゃない。闇の中に囚《とら》われていたのを救い出される英雄譚《えいゆうたん》。

「また学校に通えるようになったあとも、ずっと気にかけて、守ってくれました。今でもそうです。凛華《りんか》ちゃんは私にとっての救世主。いつもかっこよくって、正義の味方で主人公」

大げさだね、なんて笑うことはできない。麗良《れいら》の双眸《そうぼう》は星をちりばめたように輝いていて、その思いに嘘《うそ》がないと一目でわかってしまうのだから。

「誤解されがちですけど、凛華《りんか》ちゃんって本当はすごく優しいんですよ」

「それは俺にもなんとなくわかる」

「矢代《やしろ》くんなら、そう言ってくれると思いました」

白い歯をこぼす麗良《れいら》は本当に嬉《うれ》しそう。自身ではない、親友のことを褒められて。

「今の私があるのは凛華《りんか》ちゃんのおかげ。いつも強くて頼りになる、そんな友達がいてくれたから、私はこうして笑っていられる。そうさせたのは、紛れもなく私だから……」

「今さらあいつの生き方を否定することは、できない？」

少し残念そうに頷《うなず》く麗良《れいら》だったが、「でも、」と継いですぐに明るさを取り戻す。

「安心してるんです。だって、こうして私と同じことを思ってくれる人が、凜華《りんか》ちゃんのことを理解してくれる矢代《やしろ》くんのような人が、現れてくれたんですから」

「……理解、か」

手ごたえは一切ない。つかんだと思ったそばからすり抜けていく。そういう底知れなさも凜《りん》華《か》の魅力。ふとした瞬間に彼女が見せる一面に、未《いま》だ天馬《てんま》は心を揺さぶられてばかり。

「矢代《やしろ》くんがいてくれて本当によかったです」

嬉《うれ》しくてたまらないという笑顔。ここにはいない親友との強い絆《きずな》が感じられる。

「これからも凜華《りんか》ちゃんのこと、よろしくお願いしますね」

だからこそ残酷に思えた。

その友情が恋愛感情へ変貌する可能性は、限りなくゼロに近いのではないか。何の感情も持たないアンドロイドを相手にした方が、まだ勝機がある。

もともとがゼロなら注ぎ込むスペースはいくらでも残っているが、今の麗良《れいら》はそうじゃない。友人としての信頼で器はすっかり満たされ、なんなら溢《あふ》れかえっている。別の物が入り込む要素なんて一ミリもない。

そんなことはもちろん知っているだろうに。それでも必死にもがいているのだ。どうにか打ち破ることはできないかと、必死にあがく女が一人。

それはまさしく茨の道だ。一人ではあまりに頼りない。誰かの助けが必要だろう。

そして、その誰かになれる人間はたぶん、この世に一人しかいない。

△

彼女のために天馬《てんま》はいったい何をしてやれるのか。

一晩中、熱にうなされるほど考えたせいで、完全な寝不足に陥っていた。

「ちょーっと。聞いてんのぉ？」

思わず船を漕《こ》いでいると、待っていたのは軽めの折檻《せっかん》。冷たい感触が顔面に突き刺さる。

親指と人差し指で天馬《てんま》の頬肉をつまみ上げる凛華《りんか》は、これ以上ないくらいのジト目。

「……聞いてたよ、もちろん」

「ならボーっとしないでくれる？　つねりたくなっちゃうじゃない」

「現在進行形でつねってるだろ。つーか、つねりたくなるってどんな顔だよ？」

「いじめたくなる顔。ってまあ、それはいつものことか」

「まとめると俺は常時いじめたくなるような顔をしていると」

「イグザクトリィ。おめでとう」

ぎゅ、っと。最後にわざわざ捻《ひね》りを加えてからようやく解放。

夕方の長閑《のどか》な時間帯。学校帰りに訪れたのはバイパス沿いのファミレスだった。天馬《てんま》たちの座る窓際《まどぎわ》のボックス席以外にもそこそこ客は入っているが、制服姿は見当たらない。割と栄えている駅の方面とは反対に位置しているため、利用する生徒は少ないのだ。

わざわざそんなところへやってきた目的は、今後の方針について話し合うため。

「で、なによ。新しい作戦を考えてきたんですって？」

「ああ。そうだったな」

滑り出しこそ順調に思えた『麗良《れいら》に告白しよう大作戦』だったわけだが、その後の経過はお世辞にも芳《かんば》しくなかった。原因はといえば、おそらく十割近い比率で凛華《りんか》にある。

第一に足を引っ張るのは、彼女が己のキャラ崩壊を極端に恐れる点。そのせいであまり大胆な行動には出られず、学校内では十分なパフォーマンスを発揮できないのだ。もはやそういう性分に凝り固まっているのだから、こればかりは仕方なかった。

第二に問題なのは、目標があまりに低すぎる点。麗良《れいら》と二、三の言葉を交わせば、あるいは一緒にトイレへ行くだけでも簡単に満足してしまい、それ以上踏み込もうとしない。このペースでは告白するころには横浜駅《よこはまえき》の工事が完了している。

ゆえにちょっとしたショック療法。ここは一発、心を鬼にして施す必要があるのだと。

「いいか、皇《すめらぎ》。どうか取り乱さないで聞いて欲しいんだが」

「……んん～？　なによ、らしくもない真面目モードになっちゃって」

猫背になってアイスコーヒーをちゅうちゅう吸いながら、指先で呑気《のんき》にストローの袋を丸めている女。これから何が起こるかも知らずに。天馬《てんま》は取り出したスマホを掲げ、

「俺はこれから、椿木《つばき》さんを遊園地に誘う」

躊躇《ためら》うことなく宣言。決心はここへ来るまでに済ませていた。

「あー、はいはい。遊園地ねー。麗良《れいら》をねー。それは良かっ…………」

思考が空白になる。そんな表現を現実で初めて目にしたかもしれない。口を半開きにしたまま静止。時の狭間《はざま》に取り残された彼女の前で、発信ボタンを押した天馬《てんま》はスマホを耳に当てる。

一回、二回、三回目につながった。

「……あ、椿木《つばき》さん？　ごめん、急に電話しちゃって。あ、そっか、まだ学校だったんだ」

「ちょ、え。え？　ねえ、あんた、いったい何をしやがって……」

「……そうそう、明日なんだよね。空いてる？　良かったら一緒にって思ったんだけど」

「ま、待って。嘘《うそ》でしょ……」

「……あー、そっか、良かった良かった。じゃ、詳しくはメールでもするから。またね」

プツッ、と。一分足らずで通話は終了。震える手を伸ばそうとしてきた凛華《りんか》だったが、妨害する暇もなく。結果はこうだ。

「明日、椿木《つばき》さんと一緒に遊ぶ約束を取り付けた」

「ッ～～～～!?」

ソファに仰《の》け反《ぞ》って万歳した凛華《りんか》。コメディ映画のようなオーバーリアクションだったが、それ以外に、それ以上に、驚きを表現するジェスチャーを知らなかったのだろう。

隣の席で紅茶を飲んでいたマダムの集団が「あらあらまあまあ」「別れ話かしらね」「若いっていいろいろあるわ～」よくわからない感想を述べながらクスクス笑いをしていた。

「はぁ～……断られなくて良かったぜ、ホント。緊張した……おえっ」

やせ我慢もそろそろ限界。ふっと息をついた天馬《てんま》はコーラを一気に飲み干す。もしもここで断られていたらショック療法以前に天馬《てんま》がショック死する可能性もあったが、意外なほど、にこやかに承諾してくれた。ありがとう神さま仏さま麗良《れいら》さま。

「一生分の勇気を使ったかもな」

「な、ナンデ……あなた、どういうつもり？　あ、明日って土曜よ。休日なのよ？」

「知ってる」

「そんな日に、二人で遊園地って……そ、そんなの、で、デートみたいじゃない？」

「そうだよ。これはデートなんだ」

「裏切ったわね!?　約束、したじゃない。麗良《れいら》のこと、好きにならないって……」

ヒン、と鼻をすすった凛華《りんか》。その表情に怒りの成分は皆無。あるのは純度の高い悲しみだけだった。震える大粒の瞳は、心を折られた絶望感を今にも涙へ錬成しそう。

女子を泣かせて喜ぶ趣味はない。精神を抉《えぐ》られるのは勘弁だったため、

「ただし、お前と椿木《つばき》さんのな」

「え？」

すぐに種明かしをした。

「今までとやることは同じだ。お前もそれとなく合流して、しばらくは三人で回る。で、タイミングを見計らって俺は消えるから、あとは二人でよろしくやってくれ」

迅速果断。こうでもしないと一生、距離を縮められないと確信していたから。

「わ、私が、遊園地……麗良《れいら》と、二人で」

「どうだ。すげえ楽しそうだろ？」

言われて想像したのだろうか。あるいは例のポエムの中では過去に何度も、したためていたのかもしれない。ぽーっと。惚気《のろけ》を通り越して蕩《とろ》けそうなくらいに相好を崩した女。

「……ハッ！」

やがて意識を取り戻して、首を横にぶんぶん、抗議の意思を込めてテーブルを叩《たた》いた。

「ば、ばっかじゃない。遊園地とか私のキャラじゃないし、イメージにそぐわないし、楽しめるわけないっての。それにいきなりハードル上げすぎ……もっと段階を踏んで、ね」

グチグチ、ネチネチ。やれる理由ではなくやれない理由ばかりを挙げつらう。面倒臭いこと

この上なかったが、しかし、天馬《てんま》にとっては想定の範囲内。彼女を黙らせる武器はしっかり用意していたため、「ゴホン」咳《せき》ばらいをして整える。

「なら明日は俺、椿木《つばき》さんと二人で楽しんでくるけど。いいんだな？」

「はいぃ？」

「お前のいないところで存分に満喫するけど、いいのかって聞いてる」

「満喫って、それ……」

その意味を噛《か》みしめるように、ごくりと喉を鳴らした凛華《りんか》。

「ま、まさか……ジェットコースター、乗っちゃったり？」

「乗るぞ」

「ソフトクリーム、食べちゃったり？」

「食べるぞ」

「か、観覧車に乗って見つめ合っちゃったり？」

「ああ。お化け屋敷にも行くからな」

「やだぁぁぁぁぁぁ！」

魂の叫びが平和なファミレス内に木霊《こだま》した。さすがに迷惑極まりなかったらしく、

「あの～すみません、他のお客様もいらっしゃいますので～……ね？」

遠慮がちに寄ってきた女性店員。天馬《てんま》がひたすら謝っていると、「まあまあ、お姉さん」「少

し大目に見てやりなさい」「若いといろいろあるのよ。私のころなんか……」なぜかマダムの集団が諫《いさ》めてくれていた。年の功ってすごい。彼女らには感謝しつつ。

「なら、お前も行くしかないよな」

「くぅ～……やってくれたわね」

苦汁を舐《な》めさせられたような、尊厳を傷付けられたような。眉間に皺《しわ》を刻みながらも口角を引きつらせた女は理解しているのだ。自分がしてやられたこと。上手《うま》く手のひらで転がされたことを。そして選択の余地がないことも全て。

「や、やってやろうじゃないの！」

「よーし、その意気だ。じゃ、さっそく段取りを決めておきたいんだが」

「……その前に、何か頼んでいい？　叫び疲れてお腹《なか》が……」

「許そう。糖分補給は大切だ」

その後、二人で同じパフェを注文した。一応言っておくが、かぶったのは偶然だ。

それを食べ終えると凛華《りんか》はジェラート、クレープ、ケーキ、ぜんざい、とにかく引っ切り無しに甘味を胃袋へ収めていき。食い3話し7の打ち合わせは日が暮れるまで続いた。

△

幸運にも晴天に恵まれた土曜日。洗濯以外の理由でそれを喜べるのは珍しい。

冷静に考えるとすごいことをしているよなぁ、と天馬《てんま》は思う。本来なら家でだらだらテレビでも見ている昼下がり。わざわざ私服を選んで着替えて、髪もそれなりに整えて家を出て、緊張に押し潰されそうになりながら太陽の下を歩いているのだから。

よもや世間一般レベルの青春を享受している高校生たちは、毎週毎週こんな思いを繰り返しているのだろうか。だとしたら本当に尊敬する。

普段は滅多につけない腕時計で時刻を確認。約束まではまだ十五分ほどあったが、予想通りというかなんというか、待ち合わせ場所にはすでに彼女の姿があった。

駅ビルの側面に張り付いた大型ビジョンの下。目印になりやすいので他にも待ち合わせをしている人は多かったが、その中にあっても決して見落とすことはない。

「あ、矢代《やしろ》くーん」

コンクリートジャングルに咲く一輪だけの花は、天馬《てんま》を見つけるとにこやかに手を振る。ニュースで見た一般参賀の風景を思い出す。それぐらいに神々《こうごう》しかった。

「ごめん、待たせちゃったみたいで」

「いえいえ。私もさっき着いたところです」

ドラマとかで千回は繰り返されていそうなやり取りを無難にこなす。

休日に麗良《れいら》と会うのは初めて。彼女は学校以上に周りの目を引いていた。天馬《てんま》も学校以上に心の高ぶりを感じていた。理由は問わず語りその服装にある。

「ナンパとかされなかった？　いや、絶対にされたでしょ」

「どうしてです？」

「今日の椿木《つばき》さん、すごく可愛《かわい》いから」

縦に太いリブ編みの入った白いニットが体の線を見事に強調。姉の渚《なぎさ》はこれを『巨乳しか着られないセーター』と呼んでいたが、ある意味天才的なネーミングだ。下はハイウェストの赤いスカート。丈は膝より上で、両脚を包むストッキングにはチェック柄が浮かぶ。

果たしてこれを嫌いな男が世界にいるのだろうか。それくらいストライクだった。

「…………」と、目を丸くしている少女に気が付く。さては視線が嫌らしくなっていたのだろうか。雑念を振り払うために頬を両サイドからパチン、していたら。途端に吹き出してしまう麗良《れいら》。

「矢代《やしろ》くんって案外、プレイボーイだったりします？」

「どういう意味？」

「あー、自覚がないなら、結構です」

よくわからないが怒ってはいない、むしろ上機嫌らしいので掘り下げはなしにしよう。

「でも、褒めて頂けたのなら、沖田《おきた》さんには感謝しないといけませんね」

「沖田《おきた》さんって……ああ、メイド長の人だっけ？」

「はい。矢代《やしろ》くんとお出かけだと話したら、コーディネートしてくれまして。テーマはなんでも……どてをころがす？　とかなんとか。ファッション用語はよくわかりませんね」

「そのメイドさん、いろいろわかってらっしゃるね」

現に天馬《てんま》は殺されかけている。感謝すべきかどうかは微妙だろう。隣を歩くのが本当に自分のような人間でいいのか、悩まされているのだから。

とはいえ服装についてだけいえば、最低限のラインは守っているはず。家を出る前、見計ったように電話が鳴り。カメラまで繋《つな》がせた凛華《りんか》は「そんなんじゃダメ」「一緒に歩きたくない」散々文句を垂れまくり何度も着替えさせ、ようやく納得してくれたのだ。

「じゃ、そろそろ行こうか」

「あ、はい。すみません。私、電車の乗り換えとかあまり詳しくなく」

「調べてあるから任せて」

小学生の遠足ではないのだから現地集合で事足りるはずだが、そうしなかったのは無論、もう一人の参加者を回収するため。大型の店も立ち並ぶここならば、女子高生が一人でうろついていても違和感はない。そこでばったり遭遇というシナリオだ。

多くの路線が走るこの駅は入り口自体が多く、初めてではなくとも軽く迷える広さ。人の流れも異様に速く「あっ」すれ違う誰かにぶつかりよろける麗良《れいら》。「大丈夫？」その肩を受け止めた天馬《てんま》に対して「ごめんなさい」と謝りつつも、なぜか嬉《うれ》しそうにしている。

「矢代《やしろ》くんってやっぱり、かなりの色男ですよね」

「え？　あ、ごめん！」

彼女を思い切り抱き寄せている自分に気が付き、慌てて離れる。

「は、はぐれないように気を付けないとだね。休日だし、人も沢山だし、最近は物騒……」

動悸《どうき》を誤魔化すように早口を奏《かな》でる天馬《てんま》だったが、数秒後に思考を止める。左半身が異常に熱い。それはどちらの体温だろう。麗良《れいら》がぴったり体を寄り添わせていた。

「こうすれば、はぐれないで済むかなー、と。他意はありません」

違う。他意が生じるのは天馬《てんま》の方。この距離はまるで——危うく思い浮かべかけた甘美なワードを必死に振り払うのだが「けど……ふふふっ」蠱惑的《こわくてき》に微笑《ほほえ》む少女は、

「なんだか私たち、デートに行くみたいですね」

それを易々《やすやす》口に出してしまう。

「…………」

——俺、死ぬのかな？

致死量の青春エナジーを注入された天馬《てんま》はすでに一杯一杯。このままだと爆発四散しかねないため、すがる思いでターゲットを探す。そして発見。私鉄の入場口の近く。壁にもたれてスマホをいじっている女。でかいというのはそれだけで映える。

何食わぬ顔でその横を通り過ぎようとしたところで、

「……あれ？　あー、うそ！」

最良の展開。麗良《れいら》が凛華《りんか》を指差した。おかげで臭い芝居をせずに済んだ。

「凛華《りんか》ちゃんだ！」

駆け寄ってきた麗良《れいら》に対して一瞬、煙たそうに目を逸《そ》らした凛華《りんか》。迷惑なキャッチを無視するときのような。この点はさすがというか、自然な演技ができて凄《すご》いと思う。

「え……………あ、麗良《れいら》？　なによ、びっくりしたじゃない」

「はい。どうしたんです、こんなところで」

「私？　ちょっと買いたいものがあったからブラブラ……そっちこそどうしたの」

「ああ、それが、今日は矢代《やしろ》くんとお出かけをする予定です。なんでも、日頃お世話になっている感謝の気持ち、ということらしく」

そこで初めて後ろの男と視線を交える。手を上げた天馬《てんま》に対して、興味なさそうに視線を切った。そういうキャラを演じているのか本心なのかは、まあわからない。

「奇遇です〜。ね、矢代《やしろ》くん？」

「あ、ああ。そうだね」

完全な苦笑い。凛華《りんか》ほど上手《うま》く演技をできる自信がなかったため、ボロが出ないように必死だった。落ち着け、今のところ特に不自然な箇所はないし。ここから「どうせなら三人で行こうか」という提案をしても、反対される要素はゼロだ。

「皇《すめらぎ》は、このあと何か予定あるのか？」

「別に。もう行きたいショップは回ったからフリーよ」

「ふぅん。じゃ、じゃ、じゃあ。お前も一緒に遊びに行ったりする、な～んて？」

かなり怪しい日本語になっていた（凛華《りんか》、軽い舌打ち）が、この際どうでもいい。

「……ま、行ってあげなくもない。どうせ暇だし。することもないから。仕方なくね」

「そ、そっか。よーし、決まりだな。椿木《つばき》さんもそれで……え？」

そこでようやく気が付いた。「…………」きょろ、きょろ。青い瞳が行ったり来たり。いつの間にか少し距離を取った位置から、天馬《てんま》と凛華《りんか》を交互に見返している少女。

「どうしたの？」

「あ、いえ。お二人………今日のそれは、ペアルックか何かでしょうか？」

意味を理解できなかったのは数秒。自分と凛華《りんか》の体を見比べ天馬《てんま》は凍り付く。

紺色のテーラードジャケットにぴっちりしたロンティー、黒のスキニーパンツ。完璧に同じ出《い》で立《た》ち。違いがあるとすれば女の方は首にじゃらじゃらアクセサリーをつけているくらい。

麗良《れいら》の言う通りまんまペアルック。まるでカップル。墓穴を掘ったが、責任は天馬《てんま》になく。

「しゅ、趣味が合うのね～、矢代《やしろ》ってば。驚いちゃった」

鉄壁の演技が崩れかける。合うに決まっていた。どちらも彼女が選んだのだから。

「偶然ってことですか？　それにしても……」

「は、早く行きましょうかー！　こっちでいいわよね？」

バサッと、ジャケットを脱いで肩に担《かつ》いだ凛華《りんか》は歩き出す。そうすることでペアを解消したつもりなのだろうが、四月にしてはかなりの薄着で麗良《れいら》以上に男の視線を集めている。

「あ、待ってくださいよ～。上着、脱いだら寒くないですか？」

「ううん！　歩き回ってちょっと汗ばんだから、これくらいがちょうどいいのよ！」

「ふ～ん……あ、そうそう。私の今日の服、凛華《りんか》ちゃん的にはどう思います？」

「どうって………それ、絶対に自分じゃ選んでないでしょ？」

「わかりますか？」

「普段のあなたもっとダサいもの」

「わ～辛辣。思った通り、矢代《やしろ》くんは天然プレイボーイだったんですね～」

「いやだから……それどういう意味なの、椿木《つばき》さん？」

早くも雲行きは怪しくなってきたが、心配しても仕方ない。

不測の事態は起きるに決まっているのだから。起きてからどうするか考えよう。

△

電車を三十分ほど乗り継いだ後にバスへ乗車。道中は麗良《れいら》が適度に話を振ってくれるので退屈せずに済み。到着したのは某新聞社の名前を冠したテーマパーク。

正面ゲートを抜けると大きな広場になっており、中心ではメリーゴーラウンドが回っていた。それに乗るための待機列、ベンチで休む家族連れ、軽快な場内BGM、どこからか漂ってくるお菓子の甘い香り。全てが非日常を演出するのに一役買っている。

「盛況ですね～！」

案の定というか、その空気に上手《うま》く順応してはしゃいでいるのが麗良《れいら》。腕を広げながら一回転すると、短いスカートが揺れて人目を引いた。

もう一人はといえば、なかなか複雑な事情を抱えているらしく。

「どうした、皇《すめらぎ》？」

「あっ！　いや、なんでもない、なんでも……」

誤魔化すように視線を逸《そ》らしたが、天馬《てんま》は見逃していない。マスコットキャラが小さな子供たちに囲まれている風景を、凛華《りんか》が物欲しそうに見つめていた瞬間を。彼女の生態をすっかり学んだ天馬《てんま》は、その意味も理解できていた。

本当はあの輪に自分も加わりたいと思っているのだが、そんな風にして童心に帰るのは自分らしくないとストッパーがかかるため、興味のない振りをしているのだ。

周りがそういう役割を要求してくるから。願望を押しつけてくるからこそ、その立ち位置に納まる。天馬《てんま》としては、生きたいように生きたところで誰も文句なんて言わないだろうし、失望する奴《やつ》がいるなら勝手にさせておけばいいじゃないかと思ってしまう。

「それでそれで最初はどこに行きます？」

ただ一人、本日の交流を純粋に楽しんでいそうな少女は、

「あ、向こうで何かイベントやってるみた……」

そのまま歓声が聞こえる先へ吸い寄せられそうになっているが、待て、そうはいかないぞ。

「「お化け屋敷！」」

思わず制止するように叫んだ声が重なり、綺麗《きれい》なハーモニーを奏《かな》でてしまう。どちらが悪いか犯人捜しをしている暇はないので、「……に、行きましょうか？」「……に、行ってみない？」お互い可能な限りに平静を装《よそお》う。

「お化け屋敷、ですか？」

弁護人が証拠を提示するようにスマホを掲げる天馬《てんま》。

「そうそう。ほら、公式サイトのトップにもお勧めで載ってるしさ」

嘘《うそ》はない。それが『二人の親密度急上昇、スリルに身を寄せ合うドキドキプラン！』とかいう明らかにカップル向けのコースなのを秘密にしただけだ。

「へぇ～、そうなんですか。なら、ハズレはなさそうですね。行ってみましょう！」

思惑通り反対されることはなく（された場合のプランは考えていない）。あっちですね、と駆け出した麗良《れいら》の後ろを歩きながら、二人はこっそりアイコンタクト。

めでたく第一関門クリア。天馬《てんま》の役目が終わりを迎えるのも、近い。

作戦は、こうだ。

薄暗く迷路になっているホラーアトラクションの内部はただでさえはぐれやすく。もしもそこへ積極的にはぐれようとしている変人が紛れ込めば、防ぐ手立てはない。

一度別れてしまえばあとは簡単。休日のテーマパークで、外は人の渦だ。バッテリーが切れたとか適当な理由をつけてスマホを封印するだけで、合流は難しくなり。

かくして女子二人のデートプランは完成される。前日の打ち合わせで不安要素は可能な限り潰してきたため、死角はなかった。早く実行に移したくてうずうずしているくらい。

「へ～、時期によって違う装《よそお》いになるんですね、ここ」

「みたいだねー。凝ってるなぁー」

――知っていますとも。今はお菊《きく》さんをテーマにした和風ホラーなんだろ？

ブログの体験談を読みこんで内部構造まで完璧に把握している天馬《てんま》は、にやつきそうなのを堪《こら》える。サプライズパーティを準備している心境に近いのかもしれない。

「じゃあ三名さま入りまーす。はぐれないようにお気を付けくださーい」

暗幕を上げてくれた誘導のお兄さんには「むしろそれが目的です」と内心謝りつつ、迷宮に突入した。途端に身震い。演出の一部だろう、冷房が強めに設定されている。かと思えば生温《なまぬる》い風が頬を撫《な》でたりして、なるほど、なかなかマジで脅かしにきているのだが。

「わ～、こんな感じになってるんですね～、初めて来ました！」

率先して先頭を歩いていく麗良《れいら》には微塵《みじん》も怖がる様子はない。この点は凛華《りんか》から事前に聞かされていた通り。いわく、ホラー映画を観《み》ている最中に「今のどうやって撮影したんでしょうね」「スタントの人、大変そう」とか真顔で言うタイプの人間らしく。

現在はぶら下がっている提灯《ちょうちん》に近付き「中はLEDでしょうか？」気にするのそこかよとツッコミたくなる発言。かなり独特な感性の持ち主だったが、ここでキャーとか叫んで抱きついてくるタイプだったら作戦が破綻するし、天馬《てんま》の理性が持ちそうにないので好都合。

その後、ガタガタガタと足音が頭上を通り過ぎたり、人形かと思った着物の女がすすり泣きを始めたり、皿が降ってきてガッシャーンと割れたり。びっくりポイントを把握していなければいちいち叫んでいただろう仕掛けの数々に、動じる者はおらず。

「あ、これでしょうか。入り口の方が仰《おっしゃ》っていた墓石」

すんなり中間ポイントに到着。おどろおどろしい色のライトで照らされる墓標には、ドロドロの血文字で何事か記されていた。体裁はこれを覚えてくるのが本アトラクションの目的になっている。忘れたところでペナルティはないだろうが。

「んん～～？　これ、なんて書いてあるんでしょう……読めませんよぉ、全然」

真面目に課題をクリアしたいらしい麗良《れいら》は、墓石とにらめっこ。

——この瞬間を待っていた！

完全に背を向けた状態。置き去り（言い方は悪いけど）にするなら今が好機。

アディオス。心の中で永遠の別れを告げた天馬《てんま》は、グッと足に力を込める。

込める……のだが。

なぜだ。動けない。死霊《しりょう》にまとわりつかれたように体が重かった。ここに来て初めて薄ら寒い感覚を覚えるのだが、足かせになっていたのは霊的な存在ではなく。

「……何してんの、お前？」

天馬《てんま》の服の裾をつかんでいたのは長身の女。後ろなんて見ていなかったので気が付かなかったが、果たしていつからこうしていたのだろう。そっちの方が軽いホラーだった。

「………………」

「おい、どうした。何か問題発生か？」

こくり。不機嫌そうに眉間を歪《ゆが》めた凛華《りんか》は頷《うなず》く。なんだ、早く言えよ。目力で訴えかけるとわずかに唇が動いた。麗良《れいら》が文字の判別に夢中になっているのを確認してから、耳を寄せるのだが。聞こえてきた言葉に唖然《あぜん》とする。

「……無理」「は？」おまけに続いたのは「行かないで」これだったから大変。

改めて彼女の表情を確認した天馬《てんま》は愕然《がくぜん》。デーモン閣下《かっか》よりも白い。このまま下からライトを当てたらそれだけで絶叫を誘えそう。まさかこいつ、と。その頬を試しにパチパチ。しかし能面が崩れることはなく。触れられたことに対する反撃もない。

ただ最後の胆力を振り絞り、顔だけは無の呼吸を維持したまま。

つまり凛華《りんか》は、気絶寸前に追い込まれていた。ビビッていた。ちびりそうになっていた。

その可能性を想定していなかった天馬《てんま》にも落ち度はあるが、悔やんでいる暇はない。

離せ、バカヤロー。心の中で渾身《こんしん》の罵声を浴びせるのだが、ちょこんと差し出された手が引っ込むことはなく。なんなら二本に増えている。その理由はわかっていた。

もしここで天馬《てんま》がいなくなれば、すがれる相手は麗良《れいら》しかいなくなる。他でもない彼女にこんな格好悪い場面を見せられるはずもない。それだけは絶対に避けねばならない。

もはや達成目標が変わっていた。そうこうしているうちに、

「あ、判読できましたよ～。大したことは書いてありませんでしたけどね」

さあ行きましょう、と。麗良《れいら》が順路を歩き始める。こんなはずじゃなかったのに。練り上げた計画を（実は）自画自賛していた天馬《てんま》は軽いショックを受けつつ、彼女の背中を追った。そしてすぐに思い出す。後半のルート。お化け屋敷はここからが本番。

予習してきた通り、壁の隙間からウジャウジャ青い手が飛び出してきて。

「っ！」

声にならない悲鳴とはまさしくこれを指すのだろう。背後の女が体の内側で絶叫を木霊《こだま》させ

るのを察知する天馬《てんま》だったが、次の瞬間には自分自身が。

「げぇぇー⁉」

正真正銘の悲鳴を上げていた。なぜかといえば、凛華《りんか》がぴたりと体を密着させてきたから。天馬《てんま》の後ろ半分に、己の前半分を合体させるようにして。

予想していなかったのはその感触。麗良《れいら》と比べればきっと、はるかに小さい。とても慎《つつ》ましいサイズの双丘が、しかし、それゆえに確かな存在感を発揮して男の欲望を刺激する。

——これはかまぼこ、これはかまぼこ、これはかまぼこ、わさび醤油《しょうゆ》で美味《おい》しく……お経のように唱え、血液が体の中心へ集まってくるのを防いでいた。

「矢代《やしろ》、くん？　さっきまでは全然平気そうだったのに……急に怖くなりましたか」

「あ、ああ〜、うん！　平気なホラーと平気じゃないホラーが、俺の中でもあってさ」

「あ、わかります、それ。私もコ◯ンに出てくる全身黒タイツの犯人がすごく怖くって」

「ハハハハ……」

ちょいちょい振り返ってくる麗良《れいら》の視界に、背後のビビリ女が入らないように上手《うま》く調整。

「おい、皇《すめらぎ》……皇《すめらぎ》さぁん⁉」声は潜めつつも語気だけ荒げる。

「……な、なによぉ？」

「なによじゃねーんだわバカ。むね……胸ぇ！　押しつけんな変態」

半分以上は罵倒に違いない。息も絶え絶えの訴えに、渋々ながら身を引いてくれた凛華《りんか》。もっとも両手はしっかり天馬《てんま》の肩の上にセットしたまま。今のは第一波に過ぎないのだ。

それからはまさしく地獄の様相を呈した。驚かせポイントを通過する度に、

「～～～ッ！」

いちいち全力で抱きついてくる細身の女。そして、

「うわあああ！」

いちいち全力の叫喚を発する男。二回目も三回目も、慣れることは決してない。

普段はクールでカッコいい系を売りにしている凜華《りんか》だったから。こうしてがっつり女性の部分を意識させてくるのが、信じられないというか、破壊力が凄《すさ》まじいというか。あるいはすでに理性が崩壊していた天馬《てんま》は廃人のようになっていたのだろう。

「大丈夫ですか？　ほら、もうすぐ出口ですから、頑張ってください」

心配そうに近寄ってきた麗良《れいら》から手を握られてしまう。天馬《てんま》のそれはさぞかし汗ばんでいたはずだが嫌がる素振りもなく。むしろがっちり指を絡《から》める恋人つなぎ。本来ならば凜華《りんか》がこの位置へ納まるべきなのに。前後に美少女二人の温《ぬく》もり。どうしてこうなった。

そうして奇怪な三人縦一列が形成され、先導する保護者はやがて小さく肩を揺らす。

「お化けをそんな風に怖がるだなんて。意外な一面もあるんですね」

「チキンで申し訳ありません」

「可愛《かわい》いです。ますます好きになっちゃいました」

「カワイイ……」

実際、可愛《かわい》いやつめとは天馬《てんま》も思っているのだが。万が一にも想《おも》い人《びと》からそんな扱いを受けてしまったら、キャラ作りに命を懸ける背後の女は舌を噛《か》み切って自決しかねない。だからこそ全力でブラインドの役に徹する天馬《てんま》。

「でも、怖がりならどうして自分からこんな場所へ？」

「あ、あ〜。そうだよね。認識が甘かったというか……すいません、もっとやりようがあったです、ハイ。全て俺の責任なので、気を悪くしないでください、本当に」

その瞬間、ごめんなさい、ありがとう、と。消え入りそうなか細い声で誰かが囀《さえず》った気もしたが。幽霊的な何かの可能性もあったため、聞こえないふりをしてやった。

△

結局、三人仲良く脱出してしまった迷宮の外にて。

ず〜ん、と。横長のベンチに腰掛けて項垂《うなだ》れるのは天馬《てんま》と凛華《りんか》。遊園地の華やかさを帳消しにするレベルの落ち込みようで、「ど、どうしました、二人とも！」事情をあずかり知らぬ麗良《れいら》が困惑一色になるのも無理はない。

「疲れてしまいましたか？　長かったですしね……あ、何か飲み物買ってきます」

気にしないで、と言う暇もなく走っていってしまった。しょげてばかりいても始まらないので腰を上げる。凜華《りんか》の方も完全には心を折られていなかったらしく、顔を上げた。

「はぁー、難しいな、なかなか。上手《うま》くいかねーもんだ」

「……すまなかったとは思ってる」

「いいよ、終わったことは」

「作戦の変更が必要ね」

「ああ。つってもプランBなんて用意してないぞ。今から考えるにしても……」

「考えなくていいわ。普通に三人で回りましょう。小細工なしでね」

「えぇ？　お前、さすがにそれは妥協しすぎ……」

「妥協はしてない。それくらいが……今はちょうどいいと思ったの」

ちょうどいいの意味がわからず「は？」首を捻《ひね》っている天馬《てんま》を仰ぎ見た凜華《りんか》は、

「間に誰か、いてくれた方が」

言った直後に自分でしっくりこなかったのだろう。言葉を探すように口をもごもご動かした彼女は、しかし、すぐに違和感の正体を突き止めたらしく。

「間に矢代《やしろ》がいてくれた方が」

「……そっか」

わざわざ言い直したことに価値があったのかはわからず。ただ、本人がそれでいいと主張するのなら納得するしかない。今日の目的はあくまで凛華《りんか》ファーストだ。

「お待たせしました～」

小走りで戻ってきた麗良《れいら》の手にはオレンジ色の缶が三つ。天馬《てんま》と凛華《りんか》に手渡すと「ふぅ～」さっそく自分の分を飲み始めた。彼女に倣《なら》って天馬《てんま》はプルタブを上げ、

「ごめん、買いに行かせちゃって。いくらだっブフウウウ！」

唇を付けるのと同時に吹き出す。脊髄から伝達される拒絶反応だった。口内を焼かれるような熱さに全身からは汗。悶《もだ》えながらスチール缶の表面を確認してみれば。

『産地直送！　激辛地獄ラーメンの汁　※粘膜の弱い人は気を付けてね』

「なんじゃこりゃあ!?」

「あっちの自動販売機で売っていました。有名な中華料理店とのコラボらしいです」

誰が買うんだよこんなもんと叫びかけたが、現にそれを買ってきた猛者《もさ》が目の前におり。

「はぁ～、いいですね～、これ。辛くって」

美味《おい》しそうにゴクゴク飲み下していく。家で姉が一本目のビールを飲み干す様に酷似。

何か壮大なドッキリを仕掛けられているのでは。本気で疑っていたら「ぷっ、ふふっ……」下を向きながら盛大にツボっている女が一人。全てを熟知しているらしい彼女に「ど、どういうことだよ、あれぇ」小声で解説を求める。

「どうもこうも。味蕾《みらい》ってあるじゃない。舌の上に」

「え？　あ、ああ……」

味覚を司《つかさど》る細胞。人間の場合は元々一万個ほど存在するとか。

「たぶん麗良《れいら》はそれが全部死んでいるの」

「シンプルに最低の暴言⁉」

しかし、でなければ説明がつかない。ああ、飲んでる、飲んでるよ……ドン引きしている天馬《てんま》には気付かず、一滴も残さないで完飲した少女。顔色一つ濁らせず。汗の雫《しずく》も浮かべず。もう一本、とか言い出しそうな清々《すがすが》しい表情。

「ありえねえよ……味音痴ってことか、つまり」

「あの娘《こ》の中だと食べ物は、美味《おい》しいかすごく美味《おい》しいの二択でしか判別されないの」

「で、でも……辛さって味覚というよりは痛覚だって、どっかのソムリエが言ってたぜ？」

「じゃあ痛覚も死んでるんだ」

「なんでもかんでも死なせるんじゃない！」

ときどき、思う。こいつ本当に麗良《れいら》のこと好きなのだろうか。毒舌に一切容赦がない。

「なにこそこそ話してるんです〜……と、あれれ？　開けたのに飲まないんですか、それ」

「あー、はっはっは、ちょっと俺には難易度高めだったかな。これ以上は無理そう」

「そうでしたかぁ、残念。あ、もったいないので残りは私が頂きますね」

「助かるよ……って、あ！」

躊躇《ためら》いなく渡してしまったが、不味《まず》い。あれに彼女の口が触れればいわゆる間接……

「えっ、凜華《りんか》ちゃん？」

天馬《てんま》が動くより早く。神速でラーメン汁を奪い取った女は、そのまま天空を仰いでの一気飲み。ごきゅ、ごきゅ、と。異物を放り込まれた喉が明らかに悲鳴を上げているが、途中で放棄することはなく。漢《おとこ》らしい。彼女の愛を少しでも疑った自分を天馬《てんま》は恥じる。

「お、美味《おい》しかったわー！」

「もぉ〜、自分の分がちゃんとあるのに」

麗良《れいら》同様に顔は一つも歪《ゆが》んでいない（それだけで十分すごい）のだが、全身から湯気が立っている凜華《りんか》はサウナ上がりのような体温。見ているこっちが暑い。真の女優は顔に汗をかかないのだと、大昔に母親が言っていたのを思い出す。無茶しやがって。

「さ、次のアトラクションに向かいましょうか。できれば涼しいところがいいわね」

「え、お化け屋敷、もう一回入ります？」

「椿木《つばき》さん、それだけは勘弁して」

その後、凜華《りんか》の指示通り三人で遊園地を満喫。ジェットコースターに乗って、ソフトクリームを食べて、アシカショーを観《み》て、グッズを買って。

本当にこれで良《い》いのだろうか、と。疑問が浮かんだのは一度や二度ではなかったけれど。やがて割り切ることができたのは、凛華《りんか》が楽しそうにしていたから。策士策に溺れず。気を揉《も》みすぎて楽しむことを忘れてしまえば本末転倒。

ただやっぱり、最後に一つくらいは思い出を作らせてやりたいと考えた天馬《てんま》は。

辺りが夕焼けのコントラストに彩《いろど》られる時間帯。最後の乗り物に選ばれた大観覧車にて、やるなら今しかないと思った。自分たちの乗り込む順番が回ってくると、

「ごめん、腹の調子が悪いからトイレ」

呼び止められないようすぐに走り去ったので、そのときに凛華《りんか》がどんな表情をしていたかはわからなかったし。二人きりの空間でどんな顔をしてどんな風に話しているのかも、勝手に想像するしかなかったけれど。

「……ちゃんとやれてんのかなー、あいつ」

夕暮れの空に重なったゴンドラを眺めながら、自然と笑っている自分に気が付いた。

△

昼間に待ち合わせた駅まで帰ってくると、駐車スペースに黒塗りの外車が停《と》まっており。運転席から降りてきた執事風の男性が、真《ま》っ直《す》ぐ麗良《れいら》へ近寄ってきて「お嬢さま」と呼びかけたのだから驚き。今日は本当にありがとうございました、と。お礼を言った麗良《れいら》の隣で彼も

慇懃《いんぎん》に頭を下げる。ロータリーに消えていくテールランプを見送りながら、よくあの娘《こ》と同じ学校に通えているよなぁ、と不思議に思う天馬《てんま》だった。

時刻は七時を回ったところで、すっかり日も沈んでいた。凛華《りんか》の方はここから徒歩圏内の距離に家があるらしい。そのままさようならでも良かったが、一応、女子に夜道を一人で歩かせるのはアレかと思ったためエスコート。

並んで歩きながら「本日の採点は？」尋ねてみれば、うーんと唸《うな》った女が出した結論は。

「75点」

「たっか」

「ちなみに百点満点からの減点方式ね」

「へぇー。内訳は？」

「お化け屋敷でへっぴり腰になったのがマイナス5」

「5点しか引かれねぇのかよ。自分に甘いな」

「で、あんたと間接キスしたのがマイナス20」

「……そんなに嫌だったの？」

逆に言えば他の減点はなし。天馬《てんま》からすればお邪魔虫が最後まで同行した時点で赤点必至に思えたのだが、相変わらず目標のハードルが低すぎる。

この程度で満足されては困るというのが本音だったが。

「まあ、総評としては概《おおむ》ね成功かしらね」

「それは良かった」

せっかくの祝勝ムードをぶち壊せるほど野暮ではない。

それでも気が付けば、頭の中では次の作戦を考えている自分がいたりして。思えばここ最近はずっと凛華《りんか》を中心に世界が回っている。太陽の周りで浮かぶ惑星になった気分。それほどに彼女は大きな存在で、近付くと焼き尽くされそうなほどの熱量を秘めている。

取り留めもない会話を続けるうちに周囲の賑《にぎ》わいは薄れていき。どうやら住宅街の近くまでやってきたらしい。思い出したように立ち止まった凛華《りんか》は、

「夕飯買いたいから、ちょっと待ってて」

通り過ぎようとしていたコンビニへ入っていく。一分もせずに出てきた彼女の手には茶色いレジ袋。薄《うっす》ら見える中身には弁当の他にプリンが入っていた。

「育ち盛りの女子高生が夜にコンビニ弁当って、お前」

「なによ、文句ある？」

「文句ってことはないけど」

似合わない、というのが正直な感想。母親は元有名ピアニストだとか。そんな情報を抜きにしても上流階級の匂いがプンプンするので、凛華《りんか》とコンビニ飯はあまりにミスマッチ。

そういえば学校での昼食も焼きそばパンとかコロッケパンばっかり。「もっと栄養のあるも

の食べた方がいいと思うんです～」と麗良《れいら》がいつも心配しているのも頷《うなず》ける。

「親はなんも言ってこないのか」

「言われないわよ。いないんだから」

「え？」

行きましょう、と。すぐさま歩き出してしまった凛華《りんか》。追いついてきた天馬《てんま》の顔に疑問符が貼り付いているのを見て取ってか、「大したことじゃないわよ」自ら語り出した。

「親なんて一年以上は帰ってきてないし、今ごろどこの国にいるのかもわかりゃしないわ」

「い、一年？」

親が海外出張で不在。そこだけ見れば天馬《てんま》と同じ境遇だが、そういう小さいスケールの話をしているのではないことは、すぐに察しがついた。

「じゃあ生活費とかは」

「お金ならたっぷりもらってるわよ。好きなだけ使えって通帳ごとね。でもそれだけ。あいつが私のためにしてくれることなんて他に何もない」

「……」

凛華《りんか》は平然とした表情を崩すこともなく。それからは本当に、淡々と語ってくれた。

父親が興行会社で取締役兼プロデューサーを務めていること。家庭を一切顧みない父の分まで愛情深く凛華《りんか》を育ててくれた母親も、十歳のころ病気で亡《な》くなったこと。

そうなっても父親の自分に対する態度が変わることは一切なかったことも。

血のつながった娘に対してそんなことってあるのか。

「そもそも興味ないのよ。子供がどうとかそういうの」

天馬《てんま》の疑問に答えるように、凛華《りんか》は言う。

「自分の好きなことを好きなようにすること。あの男にとってはそれが何より優先されるんだから。お母さんと結婚したのだって会社で作ってる映画の劇伴《げきばん》をどうしても担当してほしかったから。ただそれだけのために口説き落として、自分の所有物みたいに扱って。都合の良《い》いときにだけ利用する道具くらいにしか思ってなかったのよ。お母さんの方には自由なんて一切なくって、やりたいこともできなくなっちゃったのにさ」

「……」

「お母さんが死んだときね。そんな事態になっても当然外国で何かの撮影中で、私が電話で伝えたんだけど。そのときあいつなんて言ったと思う？」

渇いた笑いが哀《かな》しく空気を震わせる。

「『そうか』、よ。その一言だけ。明日の天気は雨ですって聞かされたみたいに。何の感情も見せないで。むしろその程度でわざわざ連絡してくるなとでも言いたげに」

笑っちゃうわよねと口にしながらも、凛華《りんか》の瞳は冷たい色を孕《はら》んだまま。

「もう長くないってわかってたのに一度も顔を見せないで。それでも、そんな糞《くそ》みたいな旦那でも、最期《さいご》にもう一回だけ会いたかったなって言い残して、ひんやり静まり返った病室で寂しく死んでいったのよ。ねえ、そんな人生ってある？」

天馬《てんま》は何も言うことができない。暗い洞穴にずぶずぶ潜り込んでいくような感覚。

「一人になって。何をすればいいのかわからなくて。ずっとピアノだけ弾いてた。賞を取るとね、審査員が褒めてくれるの。君の演奏法は素晴らしい云々《うんぬん》。アホ臭くて仕方なかった。できて当たり前じゃない。馬鹿みたいに一日中弾いてたんだから」

どこかやるせないように見えるのはたぶん、そんなことをしても本当に褒めてほしい相手はいないのだと、凛華《りんか》自身もわかっていたからなのだろう。

「知ってる？　思春期の女子が男親を毛嫌いするのって、遺伝子レベルで組み込まれてるんだって。近親相姦《きんしんそうかん》を防ぐためにね。私はそれのひどいバージョン。あんなろくでもない男がこの世に存在しているせいで、お母さんみたいに優しくてまともな女が損をしなきゃいけないなんて……それがどうしても許せなくって。男っていう生き物を性愛の対象にできない病気にかかっちゃったのかな」

一気に言い終えた凛華《りんか》はいつも通り凛然《りんぜん》としているのに。なぜかそれは心の痛覚を失った危なっかしい姿に思えてしまう。

「どうして平気そうな顔していられるんだよ、お前」

「なに？　優しいじゃないの」

茶化すようにウインクされたが、とてもおちゃらける気分にはなれない。空気の重さに気付いたのか「でもご安心を」凛華《りんか》は真面目な顔になって続ける。

「麗良《れいら》がいてくれたから」

その名前だけで、天馬《てんま》も不思議と納得できてしまう。本来なら口に出すのもはばかられる、思い出したくもないはずの過去を、なぜこうも平然と語れるのか。

「つらいときにも悲しいときにもずっと。麗良《れいら》だけはどこにも行かないでくれたから。それだけが心の支えだった。でなきゃ私、とっくの昔に壊れちゃってた」

麗良《れいら》は凛華《りんか》に救われたと言っていたけど、それは凛華《りんか》にとっても同じ。決して一方通行ではない。お互いがお互いにとってそういう存在だった。

それをまさしく共依存と呼ぶのだと。決して美しいものなんかじゃない、いつ崩れるかもわからない脆弱《ぜいじゃく》な関係だと、揶揄《やゆ》する人間がいるのかもしれない。

けれど、互いに支え合ったからこそ二人は成長できた。鋼よりも強い絆《きずな》で結ばれた。そこに間違いなんて一つもない。あるはずないと、天馬《てんま》は断言できる。

「今のが、理由よ」

凛華《りんか》はいつの間にか、虚《うつ》ろな瞳ではなくなっていた。定まった意志を視線に込めている。

「理由？」

「私が麗良《れいら》を好きになった理由。まだ話していなかったでしょ？」

波紋一つ立たない水面《みなも》のように、痛《いた》くも痒《かゆ》くもないような顔で語っていたけれど、そんなのは絶対見せかけだけ。無理をしていないわけがない。

「ありがとな。教えてくれて」

「なんで感謝されるのかわからないけど、もらうだけもらっておくわ……あ、ここよ」

と、凜華《りんか》が足を止める。そびえ立っていたのは巨大なタワーマンション。ヘルニア覚悟で首を曲げるのだが、月にまで届きそうなてっぺんは視認できない。ここだけ六本木《ろっぽんぎ》ヒルズみたいになっている。

「すげえとこに住んでんのな、お前」

「全然。一人じゃ持て余すだけよ」

「ひとり……」

無数に見える窓の一つ一つはそれぞれ、電気が点《つ》いていたりいなかったり、カーテンが閉まっていたりいなかったり。違いはいろいろあるけれど、凜華《りんか》の部屋に明かりは灯《とも》っていないのだろう。誰かが帰りを待っていることも、ないのだろう。

「……つーか、金は沢山もらってんなら、どうして好き好んでコンビニ弁当？　寿司《すし》でも何でも、もっといいもん買えんだろ。学校の昼飯だって……」

「これは私なりの当てつけ。あんな金、できるなら使いたくないから」

自己満足で何の意味もないけどね、と。自嘲する女。

ここは励ましの一言でもかけてやるべきだとは思うのだが、天馬《てんま》の貧相な語彙力では気の利《き》いた台詞《せりふ》は導き出せない。代わりに言えるのはこれくらい。

「来週は、さ」

「なに?」

「昼のパン、買う必要はないぞ。俺が弁当作ってくるから。お前の分も」

「はぁ? 急に思い付きでそんな……」

「いや、別に毎日だっていい。そうして欲しいんならそうするよ」

「……」

「二人分だろうが三人分だろうが大して手間は変わらんから、気にするな」

嘘《うそ》はないのだがツンデレみたいな言い方になってしまい。「じゃあ、おつかれ」照れ臭かった天馬《てんま》はすぐに踵《きびす》を返してしまった。

「……ありがとね」

だからこのとき、凛華《りんか》の瞳で何かが薄《うっす》ら輝いたことも気付かず。

ただなんとなく、とびきり美味《うま》い弁当にしてやろうと意気込んでいるのだった。

四章　彼女の恋の結末は

「なんだろう……」

沸騰しそうになったお湯から昆布を取り出し、代わりに鰹節《かつおぶし》を一握りぶち込む。

週明けの月曜日、夜の十一時。作り置きの出汁《だし》がなくなりかけていることに気が付き、注《つ》ぎ足《た》そうとしている、そんなときの出来事だった。

ふとした疑問が生じたのは。

「なんなんでしょうね、これ」

独り言を繰り返しながら考えるのは、今までの自分と、今の自分について。

ここ数年、なんとなくの惰性で毎日を過ごしてきた。

心躍るイベントが発生することも、それを期待して胸を高鳴らせることもない。その代わり裏切られることも、悩まされることもない。

プラスもマイナスもない平坦《へいたん》な世界。そこに何の不満もなかった。そうするのが一番楽な生き方だったし、自分の性分にも合っていると思っていたから。

そして現在。誰かさんのおかげでそんな生活からの脱却を余儀なくされた。明確な意識を持って日々を過ごしているとさえ感じる、今日この頃。

「おかしいよな、ほんと」

火を止め鍋の底に沈んでいく出し殻を眺めていると、再びの自問がこぼれる。

意外にも、そんな風に変わった自分をあまり否定的に思っていなかった。悪くないと思ったほど。生来のネガティブ気質だった天馬《てんま》に、何がそうさせるのか。

人はそれにバイタリティという名前を付ける。もしかしたら、青春という甘酸《あまず》っぱい呼び名を付ける者すら現れるのかもしれないが、さすがに見当違いだろう。

青春している当事者は、あくまで凛華《りんか》なのだ。天馬《てんま》は他の人間より近くにいるおかげで、運よくその残り香を吸い込めているにすぎない。それだけで十分だった。耐性がない天馬《てんま》にとってはそれぐらいがちょうどいい。

「あいつ、今日は……きんぴら、美味《うま》いって言ってたし。次も入れてやろうかな」

ポジティブに成り果てた天馬《てんま》は脳内で弁当のメニューを構築。その晩はぐっすり眠りに就いた。冷蔵庫の出汁《だし》が朝になったらいい塩梅《あんばい》に熟成されるように、明日もいつも通りの毎日が続いていくのだと思っていたから。

その当たり前があっさり終わりを告げることなんか想像せず。

物語は始まった瞬間から終わりに向かっているという、自明の理も忘れ。

△

異変にはすぐに気が付いた。

三時限目が終わった休み時間のこと。

「皇《すめらぎ》くん、君ねえ……こういうのは困るよぉ」

山田《やまだ》か、浜田《はまだ》。名前は思い出せないが、倫理担当の中年教師。

脂ぎった頭頂部を光らせるその男が、何やら不満げな声で説教を垂れ。それを遠巻きに見ながらこそこそ話している生徒が多数という、そんな状況。

選択科目の移動教室から帰還した天馬《てんま》は、何の気もなしに教室に入ったのだが。その光景を目《ま》の当《あ》たりにした瞬間、ことの次第も理解できないうちにぎょっと目を見開く。

何せ事件の現場はまさしく天馬《てんま》の席。そこで直立不動にしているのは長身痩軀《そうく》の女。

そして驚いた一番の要因は、何事かを叱りつけている教師が手に持つ一冊の文庫本。君主論の三文字。それが表紙だけの張りぼてにすぎないのを天馬《てんま》は知っている。

最悪の予感が頭を駆け巡った。それが外れであって欲しいと祈りながら、友人のもとへ歩み寄る。

「おい、颯太《そうた》……」

「ん？　ああ、矢代《やしろ》くん」

少し離れたところで凛華《りんか》たちを眺めていた颯太《そうた》は、肩をすくめて苦笑い。

「どうしたんだ、あれ？」

「ちょっとね。なんていうか……運が悪かったね、皇《すめらぎ》さん」

「なんかやらかしたのか、あいつ」

「やらかしたってほどじゃないよ。さっきの授業中に……」

がみがみ指導を継続中の教師を、ちらりと見やった颯太《そうた》は声を潜める。

「倫理の授業ってさ、基本的に教科書をそのまま先生が読み上げて、それを延々と聞かされるだけの時間だからとにかく暇なんだ。ここだけの話、机の下でスマホいじってたりする人が大半で。まあ、バレると注意されるのね。で、不幸にも今回その標的になってしまったのが彼女だと」

「……」

「スマホじゃなくって紙の本を読んでたんだけど。なんか先生的にはその内容に一層の不満があるらしく、いつも以上にお怒りが長引いているご様子で」

この有様《ありさま》だよと呆《あき》れる颯太《そうた》だったが、あまり気に留めた雰囲気もなく、すぐに次の授業の準備を始めてしまった。騒ぎ立てる方が凛華《りんか》のためにならないのだと、そうして興味なさそうに振る舞うのが賢明と彼なりに判断したようだ。

教室全体としても凛華《りんか》に対して非難の目を向けるような人間は一人もおらず、むしろ気の毒がっている者が多いように思える。それもそのはず。

「いくら成績が良くったってさぁ、こういうのは駄目でしょ？　なまじ見た目も良くって周りがチヤホヤするもんだから、勘違いしちゃってる節があるのかなぁ。多いんだよね〜、そういう女性って。社会に出たらやってけないよ？」

もはや今回の一件とは関係ない人格否定にまで踏み込んでいる。こんなダブルスタンダードを言ってのける男が、よくぞ未《いま》だに生き残っていたものだ。

無関係な天馬《てんま》ですらカチンときているので、面と向かって唾を飛ばされている本人はさぞかしご立腹だろう。

「……ハァ」

「な、なんだね！　そのあからさまなため息は」

前髪をくしゃりとかき乱した凛華《りんか》は尊大に腕組み。相手が大人だろうと教員だろうと関係なく、そのまま良く回る口と頭で真っ向から毒を吐き返し撃退してしまう。

そうなることを、天馬《てんま》は期待したのに。そうは、ならなかった。

頭《こうべ》を垂れて黙りこくっている凛華《りんか》からは、普段の迫力など微塵《みじん》も感じられない。心ここにあらずという顔色で、どうやらすっかり落ち込んでしまっているらしい。

それは、たった今吹き付けられた侮辱に心を折られたから、とか。そんな理由ではもちろんない。そんな浅いレベルのダメージではない。

「だいたい、こういう書物は君みたいな学生が読むもんじゃないんだよ。欲望の……なんだい、これ。女同士であれする、実にけったいな内容の小説みたいじゃないか」

手にした本をペラペラめくった男は、汚物でも見るような目。

「不純だよ、不純！　こんなもの！　非生産的すぎる！」

わざわざ教室中に聞こえるような大声でまくしたてる。凛華《りんか》が雨に濡《ぬ》れた子犬のようにしょげかえっている理由は、その部分にあった。アイデンティティを否定されるに等しい。

「……女の子同士だって」

「……それ、百合《ゆり》ってやつ？」

「……うそお、凛華《りんか》さまってそういうの読むんだ。意外～」

ひそひそ話に花を咲かせる女子から聞こえてきたのは、そんな声。黙っている他のクラスメイトも皆、内心では似たような感想を抱いているはず。

そこで理解する。天馬《てんま》の想定した最悪の事態は見事現実になっていたのだと。

要するに、凛華《りんか》はドジを踏んだのだ。完璧主義の彼女らしからぬ失敗。馬鹿だった。天馬《てんま》にばれたのも、あの本がきっかけだったのに。どうして学習しなかったのか。もう少し警戒してさえいれば。そうすればこんなことには……どうしてだろう……どうして、
どうしてこんなことになってしまった？

絶対に、誰にも、知られたくなかったはずなのに。ひた隠しにしていたのに。崩れるのは一瞬、たった一つのミスが命取りになって、全てが崩壊してしまった。

こんなことって、あるか？　ひどすぎないか。

けれどその一方で、もしかしたら、と。思ってしまうことが一つある。

隠し続けるのにも、限界があったのかもしれない。たとえるなら経年劣化のようなもの。その仮面には日々見えないレベルの傷が刻まれていた。それはあるとき急に大きな亀裂へ姿を変え、真っ二つに割れてしまう。

時間の問題でいつかはそうなるように設計されており、今がたまたまそのときだったというだけ。どのみち防ぐことはできなかったし、誰にも責任はない。

それに、そもそも天馬《てんま》だって考えていたじゃないか。

自分を殺して生きる必要なんてない。周りの理想を守る必要なんてない、と。

多少荒療治にはなってしまったが、これを機に本来の凜華《りんか》を見せていけばいい。

誰のためかもわからない言い訳がぐるぐる脳で渦を巻き、思考が停滞していたとき。

「あ……」

流し目にこちらを見た彼女と、一瞬視線が交わる。

凜華《りんか》は笑った。どうしたらいいのかわからずに立ちすくむ男を見て。

なんて顔してんのよ馬鹿、とか。そんなことを言われた気がした。

凛華《りんか》はとっくに受け入れている。自分が招いた結果なのだから。

そして同時に、もう全てを諦めているのだということも天馬《てんま》にはわかった。

「あれ？　どうかしたんですか」

ちょうど今教室に戻ってきた一人の女子が、漂う異様な空気にポカンとしている。

ああ、と。彼女のまとう光を目にした天馬《てんま》は、膝から崩れ落ちそうになる。

駄目だ。麗良《れいら》にだけは決して知られてはいけない。

そう思ったが、未《いま》だ鳴りやまぬ怒号を止める術《すべ》もない。

順調にも思えた凛華《りんか》の告白計画は結局のところ、こうして終わりを迎えたのだ。こんなにも初歩的なところで躓《つまず》き。こんなにもあっさり瓦解《がかい》してしまった。

だからどうしたと言われれば、それまで。計画なんて呼べるほど現実味もなかったから。幼稚な目論見《もくろみ》が一つ頓挫しただけだと、人は嘲るのかもしれない。

だけど天馬《てんま》は見てきた。その馬鹿げた作戦を今日まで大真面目に遂行してきた女のことを。

天馬《てんま》だけは知っている。あいつは本気で叶《かな》うと信じていたことを。

それを簡単に笑っていいのか。本当にここで終わらせてしまってもいいのか。

愚問だ。ならば悩んでいる暇なんてない。

薄い笑みを湛《たた》えた天馬《てんま》は強固な意志に後押しされ、体はすでに動き出していた。

「とにかく、こういう本を持ってきていることは担任にもしっかり報告しておくから、反省を……」

「すいませーん‼」

「ぬぅ！」

耳元で叫ばれ、教師は素っ頓狂な声を上げてよろめく。こんな、応援団長みたいに腹から声を出すのはいつぶりだろう。もしかしたら初めてかも。これまでの人生がどれだけ無気力だったかを如実《にょじつ》に物語っている。

「な、なんだねきみぃ？」

片耳を痛そうに押さえる男は、しわの刻まれた額を突き出し睨《にら》みつけてきたが、たじろぐことはない。むしろ天馬《てんま》は真っ向から受け止めた。

「私は今、大事な指導の最中であるからにして、邪魔を……」

「それ、俺のです！」

「……は？」

「ここ。自分の席なんで！」

「なにぃ？」

虚を突かれたようにまなじりを吊《つ》り上《あ》げたのは彼だけではない。その瞬間、どよめきがひた走る。驚愕《きょうがく》の対象は無論、堂々とした風貌で介入してきた一人の男子。なにせそいつは普段そんなキャラではなく、

「欲望のバージン。俺の愛読書なんです」

あまり大声で言うべきではない内容を、あまりに誇らしく宣言しているのだから。

「おそれながら一つ、言わせてもらいますが……百合《ゆり》は断じて不純じゃないですよ、先生」

呆気《あっけ》に取られた教師は何も言えず、しめたとばかりに天馬《てんま》は追撃をしかける。

「あなたは誰かを本気で愛したことがありますか」

「はぁ？」

「好きな人の前で素直になれない。思いを告げられないで泣いた夜はありますか？」

「いったい何を……」

「恋する気持ちに貴賤《きせん》はない。理屈じゃないんだ。それを馬鹿にする権利は誰にもない！」

ここまでやる必要があったのか問われれば微妙だったが、仕方ない。

「どうして？」とでも言いたげな唇のまま凛華《りんか》は固まり。下手に怪しまれると再び彼女に矛先が向けられかねない。一応それを防ぐ必要があった……というのは方便か。

ただ単純に、凛華《りんか》の麗良《れいら》に対する思いを否定された気がして許せなかった。

その後もしばらく。「わかった、もういい……」とノイローゼ気味に吐き捨てた男が退散していくまで、魂の叫びは続いた。

自分でもよくわからない達成感を覚えていた。かつてないほどの爽快感。もし天馬《てんま》が犬で尻尾が付いていたら、千切れそうなほどブンブンに振り回している。

草食系の王道を歩んできたがために、生まれてこの方、他人を言い負かしたり論破する経験がなかった。それどころか本気で誰かと口論をしたことすらないかも。

代償として一部の女子から距離を置かれたが、逆に一部の男子からは、

「よく言ってくれた」「俺もイライラしてたんだ」「まさかお前も同志だったとはな」

めでたく同族認定され、交友範囲が広がった。幸福の総量的にはむしろプラス。

我知らずほくそ笑む天馬《てんま》は今、職員室に向かっている最中だった。

敵を撤退まで追い込んだものの、鹵獲《ろかく》された本はそのまま。このまま有害図書として裁断処理されたところで天馬《てんま》は痛《いた》くも痒《かゆ》くもないのだが、持ち主はさぞかし悲しむ。

とりあえず平謝りすればどうにかなるだろうか、と。おかみへ頭を下げることに対して特に抵抗のない天馬《てんま》が、職員室の扉に手をかけたところ。

「失礼しました」

明るい声が中から聞こえてくるのと同時に、ドアがスライド。

「おっふ」煌《きら》めくブロンドを前に変な声が漏れ、二歩、三歩、ほとんど千鳥足で後退。

「あっ」と、麗良《れいら》も一瞬驚いたようだが、すぐに中に向き直って慇懃《いんぎん》な礼。音が立たないようにゆっくりドアを閉める。

かと思いきや、ウサギが跳ねるような動きで一気に天馬《てんま》の鼻先まで迫ってきた。

「矢代《やしろ》くん！」

「は、はい！」

なぜだろう。きりっとした眉に、キラッキラの瞳、口角を上げた唇、素晴らしいほどのした

り顔。対する天馬《てんま》は気まずさの極致で、彼女の顔をまともに見られない。

幸福の総量はプラスだなんて言ったものの、不安材料が一つだけ存在しており。

「その、椿《つばき》木さん、俺……」

他の誰からどう思われても、何を言われてもかまいはしない。でも麗良《れいら》だけは、彼女の反応

だけはどうでもよくない。むしろ生きるか死ぬか、それほどの重要事項。

なにしろ、もしも麗良《れいら》がドン引きしているようならその時点で、凛華《りんか》の告白大作戦は失敗し

たということなのだから。少なくとも天馬《てんま》がこれ以上サポート役を務めることはできない。ひ

いては凛華《りんか》をかばった意味も、全てなくなってしまう。

死刑宣告の直前みたいに固唾を呑《の》む天馬《てんま》の眼前に、麗良《れいら》は何かを掲げて見せる。

「じゃじゃ～ん！」

「……え？」

それが一冊の文庫本だと認識した瞬間、思考が途切れる。表紙には西洋人の水彩画。彼女が手にしているのは天馬《てんま》がこれから返還交渉を試みるはずだった小説。

「取り返してきました～」

依然として本は両手で掲げたまま、その陰からひょっこり顔を出した麗良《れいら》はとても誇らしげな様子で、ますます戸惑ってしまう。

「とり……え？　あの、え、え、え、えぇ？」

「はいどうぞ、ご査収ください」

賞状でも授与するように差し出されてしまい。天馬《てんま》はそれを受け取るしかなかった。

「じゃあ戻りましょうか」

何事もなかったように歩き出してしまったので、急いであとを追う。

「ねえ、これ……どういうことなの？」

あ～、と。麗良《れいら》からは間延びした声。

「意外とあっさり返してくれましたよ。今の時代こういう没収行為を学校側がしちゃうと、PTAとかモンスターの人たちがうるさいでしょうからね」

「はぁ、なるほど……ではなく！　どうして椿木《つばき》さんがこんなことを」

「私から頼んだ方が戻ってきやすいんじゃないかなと思いまして。これでも結構、大人の人たちからは信用されてるんですよ？」

　そう言って照れ臭そうに頬をかく。

　つまり、天馬《てんま》のためにわざわざ取り戻してきてくれたということらしい。

「……ありがとう」

「お役に立てたのなら幸いです」

「でも……あの、さぁ」

　徐々に天馬《てんま》の歩幅は狭くなり、最終的には立ち止まってしまう。

「どうかしましたか？」

　振り返った麗良《れいら》の瞳を上手《うま》く見ることができない。所在なく視線を外に向けると、ランチタイムの生徒たちが楽しげにはしゃいでいた。すぐ近くの風景を遠くに感じてしまう。

「こういう趣味、椿木《つばき》さん的にはどうなのかなって」

「どう、とは？」

「……変だと思ったりは、しない？」

「全然」

　否定してくれたというのに。

「意外ではありましたけどね」

　穏やかに笑ってくれているのに。

安堵《あんど》と呼べるほどの感覚は生まれなかった。ここまではわかりきっていたから。麗良《れいら》が他人の趣味を頭ごなしに否定するわけがない。

でも、それはあくまで百合《ゆり》が好きな男子の存在を許容しているにすぎない。

女子が女子を好きになる道理を受け入れたわけでも、ましてや自分自身がそんな関係になることなんて、想像すらしていないに決まっている。やはり凛華《りんか》の道は長く険しい。

天馬《てんま》は相当やつれた顔をしていたのだろうか、「大丈夫です！」と元気づけられる。

「自慢ではありませんが私、そういう恋愛にはかなり理解がある方だと思いますよ」

「そういうって……女の子同士？」

「はい。というのも……凛華《りんか》ちゃんがよく、後輩の女の子から告白されたりしていて。そのときに何度か話を聞いているので」

「『よく』って……まあ、あいつならありそうな話か」

「バレンタインとか、ものすごい数のチョコもらうんですよ」

「その光景、目に浮かぶよ」

ああいうクールでかっこいい女子が同性からモテるのはいつの世も同じ。

「凛華《りんか》ちゃんはいつも真剣なんです。毎回しっかり考えて、悩んでから返答するんです。『思いを伝えるのには、すごい勇気が必要だったろうから』『だから自分も誠実に対応しなきゃいけないんだ』って」

「……」

「そういうかっこ良さもきっと、いろんな人を惹《ひ》きつける理由なんでしょうね」

その通りだと思う。天馬《てんま》だってその一人だ。でも、麗良《れいら》は知らない。

——思いを告げるのには勇気がいる。

それはきっと誰でもない、鏡に映る凛華《りんか》自身に向けられていた自虐。そうすることができない自分を戒める意味を込めて何度も繰り返したのであろう呪文。

いや、もしかしたら祈りだったのかもしれない。いつの日か自分も、と。いつ来るかもわからない、本当にやってくるのかも定《さだ》かではない、そんな『いつか』を信じて。

「だから、私も」

「……え？」

「もし私が同じ立場になったら、凛華《りんか》ちゃんと同じように。真剣に悩んで、考え抜いて……その気持ちをしっかり受け止めて、決めたいと思うんです」

少しかっこつけちゃいました、と。はにかむ麗良《れいら》。

泣きそうになったのを、天馬《てんま》は堪《こら》えた。もし本当にそう思ってくれているのなら。

それだけで、凛華《りんか》にとっては十分すぎるほど救いになるのだから。

△

「あっ」

「お。来たか」

開かれたドアの向こう。ギターケースを担《かつ》いだ女を見つけ、天馬《てんま》は腰を上げる。

あの日もこんな夕暮れだったな、と。オレンジ色に染まる教室でふと思い出す。全てのきっかけになった日のことを。下校時刻はとうに過ぎているので他に生徒の姿はなく、部活動の声が微《かす》かに遠くで聞こえるだけ。

天馬《てんま》がいることに気が付くと、凛華《りんか》は教室に入るのを躊躇《ためら》うように足踏み。ろくに目も合わせずに大股で歩き、後ろにある棚の上に荷物を下ろした。

「……軽音部、時間かかりそうだから今日は帰って良《い》いって送ったはずだけど？」

「どうせ暇だったから、これ読みながら待ってたんだよ」

天馬《てんま》が手にした本を見やった凛華《りんか》は、気詰まりしたようにぎゅっと肩をすぼめる。対照的に、天馬《てんま》は軽快な足取りで歩み寄った。

「しっかし……感心したというか。感服したというかさ」

「何が？」

「これだよ、これ。欲望のバージン。いやヴァージンか。すっげえ面白いのな。導入部分だけのつもりだったのに、次の展開が気になって止まらないのなんの」

浮《う》ついたテンションの原因は、そこにあった。

「結局、最後まで読んじまったよ。いや〜、お前が好きって言う気持ちもわかる。特にこの主人公……」

「どうして」

「ん？」

「どうして、あんなことしたの？」

そこでようやく視線が交わる。しかし、そこに凛華《りんか》はいなかった。

背が高く、発するオーラが常人とは異質、存在感が強烈すぎて、対峙《たいじ》した相手をあまねくすくみ上がらせる冷たい双眸《そうぼう》、のはずなのに。

そんな女はどこを探しても見当たらない。目の前の女は今にも泣き出しそうな顔で瞳を小刻みに震わせている。立っているのもやっとに思えるほど頼りなく見える。

どこにでもいる普通の女子みたいに弱さをさらけ出していた。軽く触れただけでも崩れ落ちてしまいそうで、支えようと伸ばした天馬《てんま》の腕は当てもなく空中をさまよう。

どうして、と。頭の中で繰り返す言葉が漏れたように、再び呟《つぶや》く凛華《りんか》。

「ああ、昼のあれか。すまん。ああするのが最善策だと思ったんだが……もしかして」

「……」

「迷惑だったか。余計なお世話だったか、ああいうのは」

何かいけないことをしてしまったのかと、純粋に申し訳なくなり謝っていた。そうすることで立ち直ってほしい、普段の彼女に戻ってほしいと願っていたのに。

招いた結果は逆。それがとどめとなり凛華《りんか》は腰から砕け、立ちくらみでも起こしたように尻もちをついてしまった。

「おい！　大丈夫か？」

抱えた膝の上に顔をうずめる女子を前に、どうすればいいのかなんて見当もつかない。天馬《てんま》はただ寄り添うように彼女の隣に座り込むだけだった。

「なんだよ、どっか具合でも悪いのか？」

「……違う。違うよ、そんなの。そんなわけない……絶対、あるわけない」

「ならこれはいったい……」

「そっちじゃない馬鹿ァ！」

「はぁ？」

叫びと同時に振り上げられた顔。天井を向いたそれは、夕焼けの中でもはっきりわかるほど真っ赤に燃え上がり、次の瞬間にはキッと鋭い瞳で天馬《てんま》を射貫《いぬ》いた。

泣きそうだったのが一転して今や本気で怒っているように見える。何が導火線に火を点《つ》けたのかはわからない。

「あんた、どうかしてるんじゃない⁉　迷惑なわけないでしょ⁉」

「え？」

「ピンチなのを助けられたんだよ？　感謝してるに決まってるでしょ？」

「あ、ああ……なら良かったけど」

「良かった？　なにそれ。ありがたく思えよ間抜けぐらい言ったらどうなの。つーか言いなさいよ！　少しは恩に着せようとしなさいよこのお人よしがぁ！」

「えぇ……？」

「むしろ、むしろ……」

「なんだよ、まだあるのか？」

「迷惑、なのは……」

沸騰した熱も長くは持たなかった。吐き捨てた言葉とともに怒りはあっさり蒸発してしまったのか、凛華《りんか》はまたもや力なく項垂《うなだ》れる。

残された別の感情と向き合うことを余儀なくされ、そのことに耐えられないかのようにぎゅっと体を縮めてしまう。しばらくして聞こえたのはくぐもった声。

「…………迷惑に、思ってるのは……あんたの方でしょ？」

「俺が？」

「自分がしたことわかってるの？　あんな風に熱弁振るったから……あんた、えちえちな小説を携帯するくらい百合《ゆり》が好きだって周りに勘違いされちゃったのよ？」

「えちえちて。まあ、その程度へーきへーき、ノーダメージ」

「なんでそこまでしてくれるの？」

「だから、これくらいどうってこと……」

「私なんかのために。こんな、一つも可愛《かわい》げのない女に無理難題を押しつけられて。従わないといけない義務なんてないのに、なぜかずっと付き合ってくれて……」

「……それって、お前」

今日だけの話をしているわけではないらしい。口にしないだけで、もやもやわだかまっている感情が彼女の中にもあったのだろう。

「炒飯《チャーハン》も作ってくれて。頼んでもないのに弁当まで作ってきて、それで……」

「あのな、皇《すめらぎ》？」

しかし、それについては天馬《てんま》も同じ。この際だから言わせてもらうことにした。

「別に俺は誰に対しても炒飯《チャーハン》を作るわけじゃない」

「……は？」

「ましてや弁当も作らないし」

「……」

「誰にでもへーこら従う犬でも、万人を救う神様でもない。相手は選ぶ。選んでやってるんだ。そういうことだ。これ以上は……恥ずかしいから言わせんなよ」

「そんなことされても……私には、返せるものなんて何もない」

「返す、だぁ？」

そもそも見返りを求めたことなんて一回もないのに、なぜそんなことを気にする。他人に借りを作るのが許せないとか。理由としては一番ありそうだったので、だったら……と。

「安心しろ。もう山ほどもらってるから」

「何を……何もあげてない、私」

「お前と同じクラスになって。滅茶苦茶《めちゃくちゃ》に振り回されてるうちになぜか椿木《つばき》さんとも仲良くなって。他にもなんだかんだあって」

「それが？」

「本当にいろいろあっただろ？　それでさ……ま、上手《うま》く言葉にはできないけど、もらってるんだよ。目に見えるものではないけど、とにかく沢山な」

「……」

「これで貸し借りなしだろ。どうだ？」

ゆっくり立ち上がった天馬《てんま》は声に出して笑った。床で小さくなっている凛華《りんか》に向け。返ってきたのは「ホントに馬鹿」という、呆《あき》れ果《は》てた声。罵られすぎたせいで、もはやそれがどういう意味を持つのかもわからない。

自分の肩を抱いていた凛華《りんか》の手に、より一層の力がこもった。そうすることでくすぶってい た憂鬱を消し去ろうとしたのだろう。意を決したように立ち上がる。それでもまだ付きまとっ てくる何かがあったのか、全て振り払うように首を大きく振った。

天馬《てんま》はほっと胸をなでおろす。左右に流れた黒髪の間から見えた彼女の瞳には、いつものギ ラつく光が帰ってきていたから。それどころか、

「決めたわ、私」

差し込む夕日にも負けない、燃《も》え滾《たぎ》る決意のようなものがそこには映し出されていた。

「ようやく決心がついた。ありがとう」

「突然どうした」

「私、これから麗良《れいら》に告白する」

「なんだって？」

「私があの子をどう思ってるのか。どう思って一緒にいたのか……それを隠して生きてきたこ とも、全部、ありったけ、洗いざらい吐き出してくる」

「お、おい……」

立《た》ち呆《ほう》ける天馬《てんま》の前、手早くスマホを操作。

「……………良かった。生徒会の仕事でまだ残ってたみたい。これから来るって」

「待てよ、待てって。まだ他に準備できることがあるだろ。そんなに急ぐ必要……」

やけにでもなったのかと思い、制止するのだが。

「これ以上、あんたを巻き込むわけにはいかない」

やぶれかぶれになったわけではなかった。不屈の心を投影するような凜々《りり》しい表情。それが使命だと言うように。揺らぐことのない決断。

「巻き込むなんて、そんな言い方……」

「だって、もう……」

すうっと、凛華《りんか》は大きく息を吸い込む。腹の底に力を溜《た》めるようにして。たぶん、それは実際、言葉にして伝えるのには勇気が必要だったのだろう。

「矢代《やしろ》は十分なことをしてくれたんだから」

それでもはっきり、躊躇《ためら》うことなく言い切った彼女は、気持ちのいいくらい笑っていた。心配しないで、私はやれるからと。天馬《てんま》の不安を拭い去り、それを超え癒やそうとするように。

「矢代《やしろ》がしてくれたこと、無駄にはしたくないから」

あの凛華《りんか》がそんな風に笑っている。笑ってくれている。天馬《てんま》のために。

それだけで何も言うことができなくなる。ありのまま、包み隠さずに彼女が見せた思いやりを、無下にするわけにはいかないと感じたから。

「私はずっと、逃げてたんだと思う」

凛華《りんか》は、深いところで何かを悟っているように思えた。

「どこかで区切りをつけないといけないんだ。グダグダ時間をかけても意味がない。何も変わらないし、終わらない……ううん、始まりすらしない。それがきっと今」

彼女はもう決めている。決めてしまっている。つまり天馬《てんま》の役目は終わったのだ。できるとしたらただ一つ。成功を祈り背中を押してやるくらい。

それくらいしかできないことがやるせない一方で、しかし、最後の一押しはできるだけ大きく、ありったけの力を振り絞る必要があるとも考えた。

「……この小説に出てくる主人公、さ」

手にしたままだった一冊の文庫本に目を落とす。そいつは全ての元凶だというのに、小さな体躯《たいく》のせいで実に無害そうに見えてしまう。

「お前にそっくりだな。健気《けなげ》で真《ま》っ直《す》ぐで、泣き虫だけど絶対に挫《くじ》けなくって」

「それのどこが……」

「見てるとなぜか放っておけないところとか、そのまんまだ」

「……」

様々な困難や障害、敵に直面しつつも、最終的には幼なじみの二人が無事に結ばれて共に人生を歩んでいく。そんなラストシーンで小説は締めくくられていた。

「だから……」

そんなハッピーエンドは所詮フィクションの中だからこそ成り立つのかもしれない。だけど天馬《てんま》は知っている。どんな物語よりもずっと物語のような恋路を、凛華《りんか》が歩んできたことを。自身の力で幸せな結末をつかみ取ろうとしていることも。

「きっと上手《うま》く行く。頑張れよ」

ならば奇跡だって起きるかもしれない。今だけは信じてもいいじゃないか。

「わかったことが……一つだけある」

「なに？」

「俺がどうしてお前を応援したいと思ったのか。ここまで付き合ってきたのか」

凛華《りんか》を見ていて痛いほどわかった。恋は決して楽しいばかりじゃない。むしろ苦しい。失敗したら傷付くんじゃないか。踏み込みすぎたら戻ってこられなくなるんじゃないか。そんな風に悩まされてばかり。それでも恐れなかった。決して歩みを止めなかった。彼女なりに苦しみ、絶望を味わいながら、それでも……。この部分に全て集約されていた。

「俺は、お前のことが羨ましくて仕方なかったんだよ、ずっと」

眩《まぶ》しくて、近付きすぎると自分まで燃え尽きそうで。だけどそれでも傍《そば》にいることをやめられない。その強くも儚《はかな》い生き様に、どうしようもないくらい焦がれてしまったのだから。

「……うん。ありがとう。今までの分も……全部、ありがとう」

「どういたしましてだな。ほんと、マジでいろいろありすぎて俺はもう……」

「じゃあ、最後だから私も言うね」

「ん？」

「自分じゃそうは思ってないかもだけど……あんたはすごく良《い》い人だよ、矢代《やしろ》」

凛華《りんか》は依然として温かくこちらを見据えているというのに。

その瞬間、胸がぞわりと騒いだ。

「誰にでもはしないって言ったけどさ、それでも……たとえ誰か一人にでもこんなことができるんなら、それは……それだけでとてもすごいことなんだよ」

何を言われているのか頭に入ってこない理由は、前置きで言われた台詞《せりふ》のせい。

──最後だから、言うね。

最後とは、なんだろう。どうしてこんなにもそわそわしているのだろう。

「だからこれからはその優しさを、他の誰かにも分けてあげてね」

言い残したことはもうないと表現するように、満ち足りた顔。

それから凛華《りんか》は、それが世界の約束だとでもいうように、迷いなく次の言葉をつむぐのだった。呆然《ぼうぜん》と立ちすくむ男に向けて。

「さよなら」

天馬《てんま》の手にする本は持ち主に戻っていった。

物語が終わりに向けて収束するように、あっさり。

△

いつからだろう。自分を偽って生きるようになったのは。

ざわつく心に歯止めを利《き》かせるように、極力ボーっと弛緩《しかん》させた頭で考える。

しかし、いくら過去をたどっても判然としない。

ピアノの練習。本当は毎日死ぬほどやっていたのに、一切していないと周りには嘘《うそ》をついていた。天才だと思われたかったから。

そうなることを周りが望んでいるのだと、すぐにわかった。習い事と呼ばれる類《たぐい》の物は一通りやってはみたが、全てにおいて同じスタンスを取っていたはず。

――皇《すめらぎ》さんは何でもすぐに上達してすごいわね、羨ましいわ。

愛想笑《あいそわら》いを浮かべる大人からそんなことを言われるたびに、ほっとしていた。

良かった、ちゃんと望まれた通りの非凡さを演じられているんだ、と。

それなのに、胸の奥にぽっかり開いた穴が広がっていくようにも感じていた。

勉強だってスポーツだって同じ。何でも一足飛びに凡人を追い越していって、だけどどれにも興味は示さず、熱くならず、子供のくせにいつもどこか冷めている。

人生に飽きたようにクールを貫いて、不機嫌でもないのに鋭い刃物のような視線を作り、常に人を寄せ付けないオーラをまとっている。

そういう理想をずっと目指してきた。周囲の理想を目印に歩んできた。

つまり、凛華《りんか》は今まで一度も自分の意志で生きたことがないのだ。それ以外の生き方を知らなかったから。それ以外の生き方をするのが怖くてたまらなかった。

それは麗良《れいら》を相手にしても同じ。凛華《りんか》は彼女にとってのヒーローだから。ヒーローでなければ、いけなかったのだから。それ以外の存在であってはならない。

だからこそ、この気持ちを表に出すことは許されないのだと思っていた。騎士が姫を好きになってはいけない。そんな悲恋は誰も望んでいない。ましてやそのナイトが女だったりしたら……なおのこと受け入れられるはずがない。

そのせいもあってだんだんと、意識的に麗良《れいら》を避けるようになっていた。

近付きすぎると、タガが外れてしまいそうだったから。不意に彼女の体をきつく抱き寄せて、本当はずっとこうしていたいんだと懇願してしまうのではないか。

そこまで異常な執着心を抱いている自分が、恐ろしくなったから。

「ああ、そっか……」

どうしてこんなにも心がざわついているのか、理由がわかった。

凛華《りんか》は今、生まれて初めて自分の意志で生きようとしているのだ。

沈む直前の夕日は最後の命を散らすかのように眩《まばゆ》く燃え上がり、黒板も、机も、何もかもを同じ色に染めてしまう。

それはこの世界を平等に照らし出す光なのに、人気のない教室で寂しく眺めていると、自分だけを際立《きわだ》たせるスポットライトのようにも思えてくる。

舞台は整った。凜華《りんか》は窓にもたれ掛かるようにして遠くを見据えながら、もう一人の演者が現れるのをじっと待っていた。そして、そのときが訪れる。

「遅くなりました、ごめんなさいっ」

廊下を駆ける足音に続いたのは、聞き慣れた親友の声。荒《すさ》んだ心をいつも癒やしてくれるはずのそれに、今は胸が大きく波打つ。激しい緊張感を覚えてしまう。

弾んだ息を整えるように胸に手を当てた麗良《れいら》は、目が合うと楽しそうに微笑《ほほえ》んだ。夕焼けにも奪われないはっきり光るターコイズの瞳。

「悪かったわね。急に呼び出したりして」

「いいえ。むしろ嬉《うれ》しいです」

あはは、と。言葉の通り本当に嬉《うれ》しそうな声で笑う少女。

「こうしていると、なんだか昔に戻ったみたい。不思議ですね。小さなころは何をするにも一緒だったのに……いつからか、そうじゃなくなって」

「……そうね」

「大人になるってそういうことなんでしょうか。ちょっと寂しいです」

彼女の言葉一つ一つが体のあちこちにまとわりつき、重い枷《かせ》をはめられた気分になる。

今まで全てを偽ってきたことに対する罪悪感ではない。この場所で今、偽ることをやめてしまうことが、ありのままを打ち明けることが不安でたまらない。

「あ、すみません。私の方ばかり話してしまって。大事な話があるんでしたよね？」

「うん」

「はい」

麗良《れいら》の吐息をすぐ近くに感じた。ただ黙して、じっと凛華《りんか》の言葉を待っているのだとわかった。いつまでだって待ちますよという慈愛がその沈黙からは伝わってくる。

「…………」

もう決めたはずだったのに。揺らぐはずがないと思っていたのに。

用意していた台詞《せりふ》だって何パターンもあったはずなのに。

どうしてか次の一声が出てこない。肝心なときに息が詰まって、苦しくなる。

手も震え始める。駄目だ。やっぱり駄目だったんだ。諦めの闇に閉ざされかけたとき。

——きっと上手《うま》く行く。頑張れよ。

誰かの声が頭の中で響き。貝のように閉じられた唇は一生開いてくれそうになかったのに。

どんなに強く思いを乗せても嗚咽《おえつ》の一つすら出せなかったはずなのに。

「矢代《やしろ》って、さ……」

なぜかその名前だけはすんなり口に出すことができた。

でも、違う。そうじゃない。

「あいつのこと、麗良《れいら》はどう思ってる?」

違うというのはわかっているのに、意識は遠くへ旅立ち。

「矢代《やしろ》くんですか? すごく良《い》い人だと思いますよ。私は大好きです」

「ううん、麗良《れいら》は知らないのよ」

「え?」

「本当はその十倍は良《い》い男なの」

自制心も理性も何もかも失い、完全に制御不能に陥っていた。

「前にね……休みの日にさ、家に押しかけたことがあったの。突然、何も言わずに。それなのになぜかこっちの都合に付き合ってくれて。ご飯までご馳走《ちそう》してくれて……」

堰《せき》を切ったようにあふれ出す思いを抑える術《すべ》はどこにもなかった。

「あと……あいつの名誉のためにも、本当のこと言うわね。今日の、あの本……あるでしょ。あれ本当は、私のだったんだよ。庇《かば》ってくれたんだ、あいつは」

「……」

「変でしょ? 笑っちゃうでしょ? こんな見てくれで百合《ゆり》が趣味だなんて。キャラじゃないって自分でもわかってる。だからずっと隠してた……でも、あいつは笑わなかったんだ。馬鹿にしなかったんだ、それを知っても……そんなやつ、そんな風に私のこと見る男なんて、初めてだった。だから、だから……」

こんなことが言いたかったんじゃない。頭ではわかっているのに、結局。

「あいつと付き合ったら麗良《れいら》も幸せになれる。良《い》い人同士で、すごくお似合いよ。私が保証する……あいつなら安心して麗良《れいら》を託せる」

最後の一滴が出尽くすまで止めることはできなかった。麗良《れいら》と付き合いたいのは自分。それを伝えるはずの時間、そのために用意された舞台だったのに。

それとは真逆のことを言っていた。自らの手で台無しにしていた。

その瞬間にわかってしまった。

諦めていたのは自分の方だったんだと。

上手《うま》くいくはずないと悟っていたのに、どうにかしてそれを隠そうとしていたにすぎない。

これまでの全てが、悪あがきにすぎなかったのだ。

だって、誰よりも信頼して送り出してくれた男がいたから。

彼の前では守る矜持《きょうじ》など何もないと思っていた。情けない部分もさらけ出すことができる、特別な存在なのだと思っていた。でもそれすら嘘偽《うそいつわ》りだった。

最後の最後で一番、凛華《りんか》が見えを張りたくなった相手はあいつだったのだから。

「ごめん……こんなこと、急に。けど、そういうことだから」

惨《みじ》めな気分になった。いったい何をしているんだろう。本当なら今すぐ消えてなくなってしまいたかったが、無様なら無様なりに、最後まで貫き通さなければいけない。プライドと呼ぶこともできないちっぽけな虚像が残っていたから。

凛華《りんか》がそうして、流れそうになった熱い雫《しずく》を無理やり飲み込んでいると。

「今の、話」

麗良《れいら》がゆっくり口を開いた。脈絡もなくこんな話を聞かされ、わけがわからないと首を傾《かし》げるのが普通だろうに、そんなことはない。静かに、真剣に、凛華《りんか》の話に耳を傾け続け、その内容を反芻《はんすう》するように何度も頷《うなず》いてから。

「言いたいのは本当にそれだけですか？」

「……他に、何があるって言うのよ」

秘めた思いは秘めたままで終わらせる。それでいいんだと必死に言い聞かせた凛華《りんか》は、振り絞った気力で強気に眉を上げて見せたが。

「凛華《りんか》ちゃんは矢代《やしろ》くんのことをどう思っていますか」

一瞬、何を言われたのかわからずに見返す。

知っている、この表情。全てを受け止めてくれるときに麗良《れいら》が見せる母性のような温かさ。それはいつも真理にたどり着いた確信も同時に孕《はら》んでいるのだ。

「私には、凛華《りんか》ちゃんが矢代《やしろ》くんとお似合いに見えます」

「な、何言ってるの⁉」

彼女が何を考えているのか。それがわかった途端、凛華《りんか》は大きくかぶりを振っていた。

そんなはずはない。あるわけがないのだと、ずっと否定してきた感情だったから。

「私は……私じゃ、駄目だよ。麗良《れいら》じゃないと。麗良《れいら》みたいな娘《こ》が良《い》いって、あいつも言うに決まってる。だって、私はいつも不貞腐《ふてくさ》れた顔してて、優しくされたって愛嬌《あいきょう》の一つも振りまけないし、逆に噛《か》み付《つ》いてばかりで、素直になれない……」

「よく知ってます。矢代《やしろ》くんも、知ってると思いますよ」

「そうよ、そう……なのに。矢代《やしろ》は、そんな嫌な女のこと、なんでかいつも助けてくれて。つらいときに一緒にいてくれて。下手くそなりに慰めようとしてくれて……黙って話を聞いてくれるの。そんな相手、今までは麗良《れいら》しかいなかったのに」

何を言っているんだろう——これではまるで。

「変だよ。おかしくなっちゃったんだ、私。男なんて、みんな嫌い。大嫌いだったはずなのに……どうしてこんなこと」

最後の抵抗に投げ捨てた罵倒も、小鳩《こばと》の囀《さえず》りのように弱々しく落ちるだけ。

「少し、羨ましくなってしまいました」

麗良《れいら》が浮かべる笑顔に抗《あらが》うことができない。彼女はもう納得してしまっている。

「ここまで凛華《りんか》ちゃんに思われている矢代《やしろ》くんが」

それ以上にあなたのことを思っている、ずっとそうだったんだよ……と。言ってしまえたらどれだけ幸せだったろう。しかし、その道もあえなく断たれる。

「私が……私なんかで、良《い》いはずない。それに、麗良《れいら》だってあいつのこと……」

「はい。好きです。大好きです。だからこそ嬉《うれ》しいんです」

「……嬉《うれ》しい？」

「だって、一番近くにいた、一番の友達と……同じ人を好きになれたんですから」

その言葉でもう、答えは得られてしまったから。

やはり、秘めた思いは秘めたまま。表に出すことすら許されず。

始まってもいないはずの恋が終わってしまった。失恋と呼ぶこともできない醜い傷が刻まれる。これで良かったのだと何度言い聞かせても、癒えることはない。

その瞬間に零《こぼ》れ落《お》ちたもの。幾年もため込んだ思いが行き場をなくしたように溢《あふ》れ出し、とめどなく流れる光の粒に変わっていった。

「泣く必要なんてありません」

静かに伸ばされた手が、凛華《りんか》の頰に触れて涙を受け止める。

雪も欺く白さなのに、その指からは確かな温《ぬく》もりを感じる。互いの体温を確かめ合えるほどの距離なのに、この思いだけは伝わらない。なぜ伝えられないのだろう。

「大切なものを、見つけられたんですから。その気持ちに正直になっていいんです。わがままなかったなんて、絶対に気付かなくて……。だけど、絶対に気付かれたくなかったから。ずるいと思った。その気持ちには簡単に気付けるのに、もう一つの気持ちには絶対に気付かない。誰よりも近くにいるのに。誰よりも近くにいたせいで。

だけど嘆いてはいけない。麗良《れいら》と出会い、一番近くにいられた今までの人生を。それがなければ、こんなにも彼女を愛することもなかったのだから。

そこだけは絶対に後悔しない。なかったことにしてはいけないと思った。

「でも、これから……もしかしたらちょっと大変かもしれませんね。矢代《やしろ》くん、恋愛とかについてはものすご〜く鈍感みたいですから」

まだ瞳も乾いていないのに、凛華《りんか》は思わず吹き出していた。鈍感勝負なら麗良《れいら》も負けてはいないと思ったから。

「やっと笑いましたね。少しは元気、出てきましたか？」

「ええ……そうね。ありがとう」

麗良《れいら》が微笑《ほほえ》むと、凛華《りんか》もつられてくしゃくしゃな顔のまま微笑《ほほえ》んだ。

虚勢を張ってそうしたわけではない。不思議なくらいすっきりしていた。流した涙と一緒に心も洗い流されたのかもしれない。

もちろん客観的には一つもすっきりなんてしていない状況。むしろごちゃごちゃで、どこから整理したらいいのかわからないくらいに滅茶苦茶《めちゃくちゃ》だった。

はっきりしているのは、凛華《りんか》と麗良《れいら》の物語はここで一度終わりということ。

続きがあるのかないのかはっきりしないが、とにかく一時休戦。

そこまで持ち込めただけで良かったと、今は強引に及第点を与えておくしかない。

問題は、もう一つの方にどうやって決着をつければいいのか。

「凛華《りんか》ちゃんの気持ちを知れて良かった。ここからが本当の始まりです、私たち」

「……うん」

「お互い頑張りましょう。この思いを届けられるように、ね？」

自らの選択によって引き寄せた物語にどう区切りをつけるのか、だった。

△

外に出る頃には夕日の赤はすっかり消え去っていて、空は光を失いつつあった。

広がる薄闇を感知したのか一つまた一つと電灯に光が点《つ》きはじめる。目を凝らすとグラウンドの遠くに部活の片づけをしている生徒の姿がぽつぽつ見えた。

精も根も使い果たした凛華《りんか》はため息の一つもつく気力もなく、どこに向かうでもない、虚《うつ》ろな足を引きずるようにしてとぼとぼ歩いていた。

「よう。遅かったな」

校門までやってくると、そこでヤンキー座りしていた一人の男に呼び止められる。それが矢《や》代天馬《しろてんま》だとわかった瞬間、凜華《りんか》は大口を開けて固まってしまった。

時間が中途半端《ちゅうとはんぱ》なせいか他に通り過ぎる人間はおらず、見つめ合う二人の間で時間が止まったかのような静けさが流れた。

天馬《てんま》の吐き出したわざとらしい嘆息がそれを破る。

「……なんて顔してんだよ」

きっとかなり長い時間、そうして同じポーズのまま待ち続けていたのだろう。

のっそり立ち上がった男は全身をほぐすように仰々しく伸びをしてから、大股で近寄ってくる。逃げ出したい衝動に駆られたが、気付けばもう鼻先まで迫っていた。目を合わせるのが嫌で俯《うつむ》いても、それを許さないかのように下から覗《のぞ》き込《こ》んでくる。

恥ずかしさとか、不甲斐《ふがい》なさとか。沢山のやるせない感情に押し潰された凜華《りんか》は、叱りつけられる寸前の子供みたいに瞳をぎゅっと閉じていた。それなのに、

「駄目だったのか？」

あまりに優しすぎる声音で、暖かい毛布にでも包《くる》まれた気分になる。導かれるようにまぶたを開けると、天馬《てんま》はぎこちなく笑っていた。

「あー、なんだぁ……どうなったか気になったから、待ってたんだけど……そうか。でも、あんまり気を落とすなよ。なんて言ったらいいのか……俺にもよく、な」

不器用なりに慰めようとしているのが痛いほど伝わってくる。その気遣いが逆に茨の鎖となって胸にからみついてくる。

今の凛華《りんか》は慰められる価値すらない。敗者にすらなれなかった惨《みじ》めな女だから。

「…………駄目だったわけじゃ、ない」

「え？」

「……言えなかったから。結局、何も」

ごめん、と。最後に言い添えるのだが、振り絞った懺悔《ざんげ》は蚊が鳴く声よりもか細い。

「えっと、つまり……告白……できなかったのか？」

「そうよ」

「じゃあ、何も進展なし？」

「……」

むしろ後退すらしたように感じているのは言えずじまい。改めて認識すると本当に情けなくなる。まさしく根性無しであり、ヘタレ以外の何物でもない。

土壇場《どたんば》でなにビビってんだよ。いつもの高慢ちきはどこに行ったんだよ、と。

目一杯に罵られても仕方のない状況だった。そうなることを凛華《りんか》自身も望んでいた。

下手に温情をかけられたら、残っていた最後の自尊心までも奪われてしまう。

「そっか。そうだったのか」

頭の中を整理するように呟《つぶや》く天馬《てんま》。戸惑っているように見える。

それから次の言葉を探し求めるみたいに、いや、選別するみたいに視線を虚空《こくう》へ走らせてしまった。言いたいことがありすぎて迷っているように思える。だけどすぐにかぶりを振り。自分が言うべきことはただ一つなのだと確信したように口を開く。

「とりあえず、よく頑張ったな」

「……っ」

こみ上げてきたものをなんとか堪《こら》えた。涙なんて出尽くしたはずなのに。涸《か》れてしまったと思っていたのに。理解できてしまったから。

それが天馬《てんま》の純粋な気持ちなのだと。同情したわけでも憐《あわ》れみをかけたわけでもない。ただ単純に、そうして労《ねぎら》うのが使命なのだと本気で思っている。

「頑張ってなんか、ない！　私は何も、できなかったんだから」

「ばーか。その憔悴《しょうすい》しきった顔を見りゃ嫌でもわかんだよ。お前なりに頑張った結果がこれなんだろ？　だったらそれでいいじゃんか。胸を張れ、胸を」

「私がそんな結果に満足するような人間じゃないこと、知ってるでしょ」

「なら次の手を考えろ」

「……え？」

「続きがあるんなら。まだ終わってないんなら、先に進めばいいだけだろ」

狐《きつね》に化かされたような顔になって、思わず見つめ返す。

「少なくとも俺の知る皇凛華《すめらぎりんか》ならそうするはずだけど。違うのか」

そう来たか、と。素直に感嘆。こちらの方がある意味ずっとスパルタかもしれない。

「どうせここまで一緒に来たんだ。乗り掛かった船だろ。どこまでだって協力する」

だって天馬《てんま》は、凛華《りんか》が凛華《りんか》であり続けることを望んでいるのだから。どんなに挫《くじ》けても打ち負かされようとも、途中で投げ出すことだけは許さないと言っている。

そうわかった途端に胸の奥から、どくん、と。確かな熱を持った血液が湧き出す。それは全身を瞬《またた》く間に駆け巡り、当てもなく引きずっていた死にかけの体に生の息吹《いぶき》が注がれた。

「弱音を吐きたいときは好きなだけ吐けばいいさ。俺が相手になる」

惨《みじ》めに打ちひしがれようとも、情けないところを見せようとも、それでもなお信じ続けてくれる。見捨てないでくれる。

そんな風に自分を求めてくれる人がいることが、何よりも救いに感じられた。

「俺はずっと傍《そば》にいるから。いつまでも面倒見てやる。だから……」

「それ、なんかプロポーズみたいなんですけど」

「え？」

いつの間にか自然体で振る舞えていた。飛び方を忘れた鳥が何かの拍子に大空へ舞い上がるように、いつもの自分を取り戻すことができた。

「も、もしかして俺……今。とてつもなく恥ずかしいことを口走ってたか⁉」

時間差で天馬《てんま》の顔に火が灯《とも》る。無自覚の発言だったらしい。

それを見ているとなんだかおかしくなり、空を仰いだ凛華《りんか》は思い切って笑った。声と一緒にわだかまっていた感情も天に昇っていく気がした。

「なにもそこまで笑わなくていいだろ……」

目尻に溜《た》まった雫《しずく》を指先で拭いながら「ごめん、ごめん」と謝るのだが、やっぱりおかしくてたまらない。こんなにも締まらないことってあるだろうか。

恥ずかしがる必要なんてない。むしろかっこいいとさえ思ったのに。凛華《りんか》がそう思っていることに微塵《みじん》も気付いていない。そういう発想すら起こらない辺りが彼らしい。

「……ったく、いつの間にか元に戻りやがって。気を揉《も》んで損したぞ」

「おかげさまで」

「しかし……アレだな。駄目だったら残念会でも開いて、適当にどっかの店で奢《おご》ってやるつもりだったんだけど。これは決起集会に変更だな」

「それは結構だけど。奢《おご》るって……無理しなくてもいいわよ」

「別に無理はしてねえ。一食分くらいだったらな。ファミレスとかでいいだろ？」

「……」

奢《おご》りと聞いたからではないが、急に腹の虫が騒ぎ出した。

どうせなら一番欲《ほっ》している物を好きなだけ食べたい。自分の胃袋は果たして何を求めているのか。考えるのと同時に答えは導き出され、凛華《りんか》の口元は緩む。

「なんだよにやけて。言っとくが、回らない寿司《すし》とかならお前の自腹になるぞ」

「炒飯《チャーハン》」

「ああ。なら駅の近くにバーミヤン……」

「あんたの作ったやつが食べたい」

思いがけないリクエストだったのだろう。天馬《てんま》は目を丸めてしばらく硬直したあとに、わざとらしく後頭部をかきあげた。

「そんなんで……いいのかよ?」

「うん。お願い」

「どういうのが食いたいとか、注文あんのか」

「パラパラじゃない、しっとりしたのを食べたいかも」

「じゃあピラフみたいに具材は魚介メインにするか」

「いいと思う、それ」

「だったらまずはスーパーで買い出しだな」

俄然《がぜん》気合が入ってきたらしい天馬《てんま》は「行くぞ」と言いながらすでに歩き出していた。

その背中を小走りで追った凛華《りんか》が隣に着けると、わずかに二人の肩が触れ合う。そのことを確かめ合うように瞳を交わすと、なぜか一緒に吹き出してしまった。

「……まったく、こんな日でも炒飯《チャーハン》で済むとは。安上がりなお嬢さまで助かるよ」

「知らなかった？　意外と謙虚で慎《つつ》ましいのよ」

「どの口でそんなことをほざく」

「あ……でも」

「なんだぁ？」

「これからもう夜で、しかも二人きりになるからって……変なことしないでよね」

「するかよアホ！　決起集会だって言っただろーが。新しい作戦も考えないといけないし、やることと盛りだくさんだってのに、そんなことしている暇……」

「………」

「どうした？」

「勇気が欲しい」

一つ、心の底からポロリとこぼれる。徐々に踏み出す一歩が小さくなっていく。歩幅を合わせて速度を緩めた天馬《てんま》が、じっと見つめてくるのを肌で感じる。

「好きな人に好きって言う勇気が、私にもあればいいのに」

歩みを止め、気が付けば空を見上げていた。もうすっかり光を失った宵闇では薄《うっす》ら星が瞬《またた》きはじめている。

「こんなこと、初めて言うけど」

視線を下げると、どうしようもないくらいに真《ま》っ直《す》ぐな瞳があった。

「お前はすごいよ。お前には、そこまで好きになれる相手がいるんだから。この地球上で、広い世界で、そんなたった一人に出会えたんだ。見つけられたんだから」

凛華《りんか》もそう思っていた。たった一人で、他には絶対に現れないのだと。

「椿木《つばき》さんにもその気持ちは伝わる。いつか、きっと……必ず。だってこんなに強く思っているんだから。傍《そば》で見てきた俺が保証してやる」

こんなに幸せなことはないのかもしれない。一人だけでも十分な奇跡なのに、それが二人になり。こんな贅沢《ぜいたく》は他にないのかもしれない。

だから俯《うつむ》く必要なんてない。前を向いて、胸を張って、希望に向かって歩いて行かないといけない。そのための時間はたっぷり与えられたのだから。

「まあ。俺みたいな、一度も誰かを好きになったことがない恋愛不適合者に保証されても、何の価値もないだろうけど………って、おい？」

天馬《てんま》の背に腕を回した凛華《りんか》は、そのまま肩に額を預ける。背丈は同じくらいだし筋肉質でもないのに、意外にもしっかり受け止めてくれて、やっぱり男子だと実感する。

「皇《すめらぎ》？」

「ごめん。三十秒……ううん、十秒でいいから。こうしててくれる？」

持ち上げられた天馬《てんま》の腕はぎこちなく伸び、凛華《りんか》の背に添えられようとしたのだが。
「……ああ。一分でも、一時間でも。気が済むまでそうしてろよ」
結局、触れることはなく。所在なさげに元の位置へ戻っていった。
それを知っても涙は出てこなかった。もう泣くものかと心に決めていたから。
だから今だけ。これが本当に最後、次に瞳を開いたらもとの強い私に戻るから。
今だけはこうするのを許してほしいと、神に祈るしかなかった。

エピローグ

桜の木もすっかり緑の葉で覆われた、四月の終わり。

別れや新たな出会いに戸惑う日々も過ぎて、一般的には落ち着きを取り戻し始める時期のはずだが……残念ながら、現状は落ち着きなどとは程遠い。

「おかしい、な……」

険しい顔つきな天馬《てんま》の横で、麗良《れいら》はしょんぼり眉を垂らしていた。

ゆったりした水色のワンピースの上に花柄のエプロンを装着しており、見た目だけなら文句なしに料理上手で家庭的な女の子。だからこそ信じられない。

眼下で消し炭になっている肉塊が彼女の手によって生み出されたという現実を。

「ご、ごめんなさい！　私、やってしまったようで」

「ごめんというか……予想以上だな、これは」

飴色《あめいろ》が何色かわからないと言って目を回す彼女のために、玉ねぎはレンチンで済ませ。焼き上がりの割れを防ぐために牛６豚４の柔らか合い挽《あび》きを使用、ちゃんとつなぎで卵も入れたはず。具材を混ぜて調味料を加え、丸く成形して空気を抜くまで、全て隣でやって見せ、同じ工程を経て作ったというのに。なぜだ。

蓋を開けてみればハンバーグとして息をしているのは半数、天馬《てんま》が丸めた分だけ。残りの麗《れい》良《ら》が手掛けたものは漏れなくパラパラの焦土と化している。

同じフライパンの中、当然同じ火力で焼いたのに。もはやイリュージョンだ。

「怒ってないから正直に言って欲しいんだけど、俺の見てないところで何した？」

「……何もしてません」

「隠し味でニトログリセリンみたいなもの混ぜたでしょ？」

「混ぜませんよぉー！」

うえぇーんと漫画みたいな泣き声を上げた麗良《れいら》が飛びついたのは、背後でボディガードのようにスタンばっていた長軀《ちょうく》の女。

泣きじゃくる麗良《れいら》の後ろ髪を優しく撫《な》でながら、凛華《りんか》は嘆息。

「あんたの選択が悪い。いきなりハンバーグとか無理ゲーふっかけてんじゃないわよ」

「認識が甘かったとは思ってる」

「悪いこと言わないから最初は目玉焼きとかにしときなさい。ね？」

「せめてそこは卵焼きにしようぜ……」

仕方なく成功したハンバーグだけ皿に移し、火山灰のたまったフライパンを流しで洗う。

長閑《のどか》な休日の昼下がり。美少女二人を招来した矢代《やしろ》家のキッチンは普段の十倍はきらびやかだったが、天馬《てんま》の心はすっかり暗雲に覆われている。

満を持して開催された『椿木《つばき》麗良《れいら》のちょっとアレな料理スキルを改善しようの会』だったわけだが。早くも路線変更を余儀なくされている。初回だから可能な限りハードルを下げて、自信を持たせることが目的だったのに。

不満げにツーンとそっぽを向いてしまっている少女は、自信がつくどころかすっかり自信喪失。ついでに天馬《てんま》への好感度も急降下したらしい。

ちょっと言い過ぎたかな、と今さらになって罪悪感に襲われていると。

「天馬《てんま》ぁ。これ、お姉ちゃんが食べてもいい？」

肉の匂いを嗅ぎつけたのか、ハイエナのようにやってきた薄着の女はすでにハンバーグの皿を頭上に持ち上げ所有権を主張中。

「好きにどうぞ。ソースはこっちの小鉢な」

「さーんきゅ。この前ちょうど高い赤ワインもらったんだよね……あった、これこれ」

意気揚々とボトルを握る姉を、「真っ昼間からいいご身分だな」とたしなめる気力はない。

せめてこのまま大人しく立ち去ってくれと祈るばかりだが、それも天には届かず。

「あ、そうだ。麗良《れいら》ちゃん、麗良《れいら》ちゃ～ん？」

つい一時間前に知り合ったばかりの弟の同級生を、気安くもファーストネームで呼び付け、

「料理なんて別にできなくたっていいと私は思うなぁ。だって、結婚したら天馬《てんま》がやってくれるだろうしさ。それよりも夜の技を磨いた方が天馬《てんま》も喜ぶんじゃない？」

こいつもう酔ってるんじゃないかと疑いたくなる発言。鼻歌まじりに遠ざかっていくその背中を、ただ恨めしく見送るばかりだった。

大山鳴動して鼠《ねずみ》一匹現れず。

彼女と彼女の関係には何の変化も起きずじまい、だというのに。

ほっとしている自分がいる。

もしもあの日の放課後、凛華《りんか》が麗良《れいら》に思いを告げることができていたとして。

上手《うま》くいこうがいくまいが、そうしたらきっと天馬《てんま》はお役御免になっていたのだろう。

拉致同然に連れ去られることも、突然家に押しかけられることも、突飛な作戦に巻き込まれることもない、平穏な生活が戻ってきたのだと考えると。

それはとても寂しいと思ってしまった。なぜそんな感情を抱くのかまでは、わからない。

もしかしたら天馬《てんま》はとても性格が悪いのかもしれない。ただ、

今はとりあえずこれまで通り、三人の関係が続いてくれればそれでいいと思ってしまう。

凛華《りんか》がいて、麗良《れいら》がいて、彼女たちの笑顔を一番の特等席で眺めていられる。

そんなよくわからない関係が、時間が、続いてほしい。

それはもはや天馬《てんま》にとって日常の一部になってしまっていたのだから。

「じゃあ、今日は卵焼きの特訓に変更しよう」

「卵、もうありませんけど」

「買ってくるから待っててね」

「あ、でしたら……」

財布だけ持ってすでに玄関まで来ていたところへ、パタパタとスリッパを鳴らし駆け寄ってきた麗良《れいら》は、

「私もご一緒しますねっ！」

そのままの勢いを維持して天馬《てんま》の半身に抱きついた。鼻孔をかすめるのはフローラルな香り。絡《から》められた腕の間には確かな弾力。悪意の欠片《かけら》もないタックルは、別の意味で危険な要素を孕《はら》んでおり。これがもし初めての経験だったら、軽く理性がぶっ飛んでいただろうが。

「……あの〜、椿木《つばき》さん？」

そろそろ耐性がつき始めていた天馬《てんま》は、また始まったのか、と。口をへの字にひん曲げる。

「俺一人で十分事足りるんだけどなー」

「まあまあ、そんなこと言わず。ほら、話し相手がいた方が暇も紛れますよ？」

前々から距離感がバグっている人だとは思っていたが、最近の彼女はそれに輪をかけてグイグイ来る。まるでそれを見せつけることによって誰かを焚《た》きつけるかのような。

こういうときだけは妙な押しの強さを発揮する彼女に、手を焼いていると。

「なーにベタベタしてんの、あんたら」

いつの間にか玄関に来ていた凛華《りんか》は呆《あき》れ顔《がお》だが、天馬《てんま》は内心で安堵《あんど》する。彼女がきっと麗良《れいら》を引き剝がしてくれるものだとばかり思っていたから。しかし、

「………話し相手なら、私がするわよ」

そう言って凛華《りんか》がぶっきらぼうにつかんだのは、どうしてだろう、フリーになっている天馬《てんま》の右手。図らずも女子二人に挟まれてしまった男は、

「いや、おい……おい？」

違うだろ、お前。何考えてんだよ。声には出せない不平を視線に乗せるのだが、不自然なくらいに顔を背けてしまった凛華《りんか》には届かず。やがて降参したのはもう一人の方。

「……そこまでされたら、仕方ありませんね」

大岡裁《おおおかさば》き的《てき》には真の母親──天馬《てんま》の腕を離してくれた麗良《れいら》は、悔しそうな。だけど嬉《うれ》しくもあるような。正々堂々戦ったことを讃《たた》え合《あ》うかのように晴れやかな表情。

「今回は譲ります」

「今回は？」

「いってらっしゃ〜い。あ、別に急がないで良《い》いので……どうぞごゆっくり」

手を振る少女は相変わらず天使の微笑を振りまいており、そこから真意を推し量ることはで

きそうになかった。もしかしたら、なのだが。

何も変わっていないように見えて実は、変わったこともあるのかもしれない。


閑静な住宅街の小道は麗《うら》らかな春の匂いに包まれている。外出にはもってこいの陽気だったが、散歩中の老夫婦とすれ違った以外は誰も見かけず、少しもったいない。

「動物園……は案外、好き嫌い分かれるからな。水族館の方が無難か？」

スーパーへ向かう道中。天馬《てんま》はさっそく次のプランを考えていた。

「あ、そうだ。高尾山《たかおざん》でピクニックとかどう？」

「……あのさ、ちょっとスパン短すぎない？　この前、映画観《み》に行ったばかりじゃないの」

「バカ。『恋は鮫《さめ》みたいなもの』って格言、知らないのか？」

「知らないし。どういう意味か想像もつかないんだけど」

「常に前進しないと死ぬってこと。動きを止めたら負けなんだ」

いつだったか姉が言っていた台詞《せりふ》を丸パクリしたのだが、隣を歩く女は絶妙に遠い目。

「なんだよ」

「まさかあなたに恋のなんたるかを説かれるとはね」

「あ……」

指摘されて初めて異常性を自覚する辺り、もう末期なのだと思う。暇さえあればお勧めのデートコースをスマホで検索。若い女性に人気のスポットを特集している情報番組にチャンネルを合わせ。週間の天気予報には人一倍やきもき。

あれだけ億劫《おっくう》だった恋愛沙汰へ足を埋《うず》める毎日。誰のせいかといえば、もちろん。

「まあ、嫌いじゃないけど」

「……え？」

「むしろ好き。矢代《やしろ》のそういう、一生懸命なところ」

浮《うわ》ついた雰囲気が急に吹き飛んだものだから、ドキリとしてしまう。

今まで彼女が見せてきたどの感情とも違う、超自然的な何かがそこには秘められている。

これもたぶん変化の一つ。凛華《りんか》がふとした瞬間に見せるあどけない仕草や、何気ないスキンシップ、良《い》い意味で肩の力が抜けた言葉の端々。

彼女らしからぬその一つ一つに、いちいち驚き以外の感覚を抱いてしまう自分がいる。

その正体が何なのか。一個、もしかしたらという候補はあるのだが……やめておこう。

きっと答えを出す必要はない。

「この際だから言っておくけどな。俺はハッピーエンドが好きなんだ」

「何の宣言よ」

「映画でも小説でも、なんでもそうだ。幸せな最後か、そうじゃなくても次につながるような希望のある終わり方じゃないと満足できない。だから……」

「だから？」

「お前と椿木《つばき》さんもそうなってくれないと困る。幸福になる義務があるんだ」

強がりでも諦めでもなく、それこそが天馬《てんま》にとって一番の幸いなのだから。

「……そっか。そうだよね」

凛華《りんか》はやれやれとでも言いたげに体を縮めてから、くくっと。何か悪いことでも思いついたかのように肩を揺らして目を細める。

「なら、私のこと幸せにしてね。絶対、約束してね？」

その瞬間に頬をくすぐるような甘い風が通り過ぎて、小鳥がチュンチュン囀《さえず》った。

「おう。任せておけよ」

目の前の彼女を、少なくとも不幸にだけはさせない。

それがこの日、天馬《てんま》が見つけた平凡な幸せだった。

あとがき

このあとがきを書くに当たり、必然的に思い起こされる記憶があります。

大学生になった私のところへ、高校時代の友人から——仮に「F」と呼びましょう——連絡がありました。あれこれ長話をしたと思うのですが、要点だけかいつまむと。

「一緒に一つの作品を創ろう。こっちが絵を描くからさ、そっちはシナリオ考えて？」

そんな感じの内容。どうしてそんなことを急に考えたのか問《と》い質《ただ》せば、「一発でかい花火を上げてみたいんだよね！」という、まあよくわからない返事。無論、その相方になぜ私を選んだのかも聞きましたが、回答らしい回答は得られず。

Fは、絵を描くのが得意でした。私の知らない色んなジャンルの漫画を読んでいて、アニメも詳しくて、好きな映画の舞台挨拶を観《み》たいがために授業をサボって東京に行ったりするくらい情熱的で、かと思えば部活動ではキャプテンを務める人気者で、テストの成績も常に上位。私にないものを全て持っているような、いわば対極の存在です。そんな人間と馬が合い、仲良くなれた事実が、今でも不思議でなりません。

さて、そんな経緯で始まった慣れない創作活動でしたが、ままあることに途中で頓挫、初々《ういうい》しい作品が世に出る機会はなく。ただそのとき、私が初めて書いた小説もどきを読んだFが

「面白かったよ」と褒めてくれたのだけは、はっきり覚えています。

あれから気付けば数年が経《た》ちました。何を思ったか再び筆を執った私の作品に、運良く賞を頂けたわけなのですが。どうして今になってまた書こうと思ったのか、あまつさえ新人賞なんて大それたものに応募したのか、考えてみると答えは単純。

私は、Ｆに言ってやりたかったのだと思います。「私も勇気を出したんだからさ」「次はあなたが挑戦してみなよ」「それでいつか、私の書いたストーリーに絵を付けて」と。それを伝えるためだけに、偉く時間がかかってしまいましたが。私は元々、臆病者ですから。これくらいのきっかけがなければ誰一人、自分さえも、変えることはできません。

以上、面と向かって言うのは恥ずかしかったので、このページをお借りしました。完全な私的利用です。けれど、たぶん、あとがきってそういうものですよね？

……えー、オチがないせいで担当様からリテイクを食《く》らいそうなのですが、とりあえず。

選考委員の先生方、編集部の皆様、素敵なイラストを付けてくださったてつぶた様、そして本書を手に取っていただいた全ての方々へ、深く感謝を申し上げます。

またどこかでお会いできれば嬉《うれ》しい限り。それまでご健勝のこと。

榛名《はるな》千紘《ちひろ》

ラブコメ《さんかく》 次巻予告!!!!!!!!!!

凛華の心境の変化から、
さらに加速する
「もっとも幸せな三角関係」!
そして麗良の心境にも
変化が……?

「だから私、
矢代君のことが
好きなんです」

三人全員
ハッピーエンドを目指す、
みんな好き同士の
トライアングルの行方は……?

RINKA
TENMA
REIRA
この△《さんかく》ラブコメは
幸せになる義務がある。
第2巻
2022年夏 発売予定!!!!

◉榛名千紘著作リスト

「この△ラブコメは幸せになる義務がある。」（電撃文庫）

本書に対するご意見、ご感想をお寄せください。

ファンレターあて先
〒 102-8177　東京都千代田区富士見 2-13-3
電撃文庫編集部
「榛名千紘先生」係
「てつぶた先生」係

本書は第28回電撃小説大賞で《金賞》を受賞した『百合少女は幸せになる義務があります』を加筆・修正したものです。

電撃文庫

この△《さんかく》ラブコメは幸《しあわ》せになる義務《ぎむ》がある。

榛名千紘《はるなちひろ》

2022年 3 月10日　初版発行

発行者　青柳昌行
発行　株式会社KADOKAWA
〒 102-8177　東京都千代田区富士見 2-13-3
0570-002-301（ナビダイヤル）
装丁者　荻窪裕司（META＋MANIERA）
印刷　株式会社暁印刷
製本　株式会社暁印刷

●お問い合わせ
https://www.kadokawa.co.jp/（「お問い合わせ」へお進みください）
※内容によっては、お答えできない場合があります。
※サポートは日本国内のみとさせていただきます。
※ Japanese text only

※定価はカバーに表示してあります。

ISBN978-4-04-914212-9　C0193　Printed in Japan

電撃文庫　https://dengekibunko.jp/

電撃文庫創刊に際して

文庫は、我が国にとどまらず、世界の書籍の流れのなかで〝小さな巨人〟としての地位を築いてきた。古今東西の名著を、廉価で手に入りやすい形で提供してきたからこそ、人は文庫を自分の師として、また青春の想い出として、語りついできたのである。

その源を、文化的にはドイツのレクラム文庫に求めるにせよ、規模の上でイギリスのペンギンブックスに求めるにせよ、いま文庫は知識人の層の多様化に従って、ますますその意義を大きくしていると言ってよい。

文庫出版の意味するものは、激動の現代のみならず将来にわたって、大きくなることはあっても、小さくなることはないだろう。

「電撃文庫」は、そのように多様化した対象に応え、歴史に耐えうる作品を収録するのはもちろん、新しい世紀を迎えるにあたって、既成の枠をこえる新鮮で強烈なアイ・オープナーたりたい。

その特異さ故に、この存在は、かつて文庫がはじめて出版世界に登場したときと、同じ戸惑いを読書人に与えるかもしれない。

しかし、〈Changing Times,Changing Publishing〉時代は変わって、出版も変わる。時を重ねるなかで、精神の糧として、心の一隅を占めるものとして、次なる文化の担い手の若者たちに確かな評価を得られると信じて、ここに「電撃文庫」を出版する。

1993年6月10日
角川歴彦

電撃文庫DIGEST　3月の新刊

発売日2022年3月10日

第28回電撃小説大賞《金賞》受賞作 **この△ラブコメは幸せになる義務がある。** 【著】榛名千紘　【イラスト】てつぶた	平凡な高校生・矢代天馬はクールな美少女・皇凛華が幼馴染の椿木麗良を溺愛していることを知る。天馬は二人がより親密になれるよう手伝うことになるが、その麗良はナンパから助けてくれた彼を好きになって……!?
第28回電撃小説大賞《金賞》受賞作 **エンド・オブ・アルカディア** 【著】蒼井祐人　【イラスト】GreeN	究極の生命再生システム《アルカディア》が生んだ〝死を超越した子供たち〟が戦場の主役となった世界。少年・秋人は予期せず、因縁の宿敵である少女・フィリアとともに再生不能な地下深くで孤立してしまい――。
アクセル・ワールド26 **―裂天の征服者―** 【著】川原 礫　【イラスト】HIMA	黒雪姫のもとを離れ、白の王の軍門に降ったハルユキは、《オシラトリ・ユニヴァース》の本拠地を訪れる。そこではかつての敵《七連矮星》、そしてとある《試練》が待ち受けていた。新章《第七の神器編》、開幕！
Fate/strange Fake⑦ 【著】成田良悟　【イラスト】森井しづき 原作／TYPE-MOON	凶弾に頭部を打ち抜かれたフラット。だが彼は突如として再生する。英霊以上の魔力を伴う、此度の聖杯戦争における最大級の危険因子として。そして決定された黒幕の裁断。――この街が焼却されるまで、残り48時間。
七つの魔剣が支配するⅨ 【著】宇野朴人　【イラスト】ミユキルリア	奇怪な「骨抜き事件」も解決し、いよいよオリバーたちは激烈なリーグ決勝戦へと立ち向かうことに。しかし、そんな彼らをじっと見つめる目があった。それは、オリバーが倒すべき復讐相手の一人、デメトリオ――。
魔王学院の不適合者11 **～史上最強の魔王の始祖、転生して子孫たちの学校へ通う～** 【著】秋　【イラスト】しずまよしのり	エクエスを打倒し生まれ変わった世界。いままで失われた《火露》の行方を追い、物語の舞台はついに〝世界の外側〟へ!? 第十一章《銀水聖海》編!!
ギルドの受付嬢ですが、残業は嫌なのでボスをソロ討伐しようと思います4 【著】香坂マト　【イラスト】がおう	四年に一度開かれる「闘技大会」……その優勝賞品を壊しちゃった!!!?　かくなる上は、自分が大会で優勝して賞品をゲットするしかない――!!
男女の友情は成立する？（いや、しないっ!!） **Flag 4. でも、わたしたち親友だよね？〈下〉** 【著】七菜なな　【イラスト】Parum	一番の親友同士な悠宇と凛音は、東京で二人旅の真っ最中！ところが紅葉の横槍から両者譲らぬ大喧嘩が勃発!?　運命の絆か、将来の夢か。すれ違いを重ねる中、悠宇に展覧会へのアクセ出品の誘いが舞い込んで――。
シャインポスト② **ねえ知ってた？ 私を絶対アイドルにするための、ごく普通で当たり前な、とびっきりの魔法** 【著】駱駝　【イラスト】ブリキ	紅葉と雪音をメンバーに戻し、『TiNgS』を本来の姿に戻すため奮闘する杏夏、春、理王とマネージャーの直輝。結果、なぜか雪音と春が対決する事態となり……？　駱駝とブリキが贈る、極上のアイドルエンタメ第2弾！
楽園ノイズ4 【著】杉井 光　【イラスト】春夏冬ゆう	華園先生が指導していた交響楽団のヘルプでバレンタインコンサートの演奏をすることになったPNOのメンバーたち。一方の真琴は、後輩の伽耶を連れ、その公演を見に行き――？　加速する青春×音楽ストーリー第4弾。
死なないセレンの昼と夜 第二集 **―世界の終わり、旅する吸血鬼―** 【著】早見慎司　【イラスト】尾崎ドミノ	「きょうは、死ぬには向いていない日ですから」人類が衰退した黄昏の時代。吸血鬼・セレンは今日も移動式カフェの旅を続けている。永遠の少女が旅の中で出会う人々は、懸命で、優しくて、どこか悲しい――。
日和ちゃんのお願いは絶対5 【著】岬 鷺宮　【イラスト】堀泉インコ	終わりを迎えた世界の中で、ふたりだけの「日常」を描く日和と深春。しかし、それは本当の終わりの前に垣間見る、ひとときの夢に過ぎなかった……終われない恋の果てに彼女がつぶやく、最後の「お願い」は――。
新作 **タマとられちゃったよおおおぉ** 【著】陸道烈夏　【イラスト】らい	犯罪都市のヤクザたちを次々と可憐な幼女に変えた謎の剣士。その正体は平凡気弱な高校生で!?　守るべき者のため、兄（高校生）と妹（元・組長）が蔓延る悪を討つ。最強凸凹コンビの任侠サスペンス・アクション！

二月 公
イラスト／さばみぞれ
声優ラジオのウラオモテ
#01 夕陽とやすみは隠しきれない？
オモテは元気&清楚なアイドル声優／
ウラはギャル&根暗地味子な女子高生!?
プロ根性で世界をダマせ！
バレたらアウトの声優ラジオ
Now On Air!!
第26回
電撃小説大賞
大賞
受賞
電撃文庫

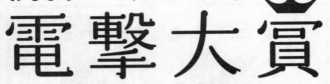